書下ろし

猫の椀

野口 卓

祥伝社文庫

目次

猫の椀

一

良兼《よしかね》さんが亡くなられた！

大風呂敷に包んだ荷を背負《せお》ったまま、兼七《かねしち》は呆然と土間に突っ立っていた。あれほど元気だったお人が亡くなるなどと、どうして信じられよう。

「お気持はわからないでもないですが、ともかく荷をおろしたらいかがです、兼七さん。重いでしょう」

番頭に言われてわれに返り、兼七は胸の結びをほどいて荷をおろした。

客を迎え、あるいは送り出す奉公人の声や算盤《そろばん》を弾《はじ》く音など、大店《おおだな》の鼈甲《べっこう》商渥美《あつみ》屋の店先らしい雑音がゆっくりともどってきたが、色はまだ一様な灰色のままであった。

番頭によると、良兼老人は心の臓を病んでいたらしい。発作《ほっさ》が起きて、あっという間もなく絶命したそうだ。

わずか十日まえのことであったという。間にあわなかったのだ。長いあいだ苦しむことがなかったというのが、せめてもの慰《なぐさ》めであった。

「お線香の一本なりと、あげさせてもらいます」

兼七がそういうと、番頭はいかにも気の毒でならないという表情になった。

「兼七さんがお見えになられるのを、首を長《なご》うして待ってなさったから、大旦那《だんな》さまもさぞや草葉の蔭《かげ》で……おい。濯《すす》ぎだ」

兼七が帳場から離れた柱の蔭に荷物をおろすと、下女が濯ぎ盥《だらい》を運んできた。磨きぬかれた板敷きが、暖簾《のれん》がゆれるたびに外光を反射して輝くのは、陽が傾《かたむ》いたからだろう。

当てにしていた金が入らなくなったこともたしかに痛手ではあったが、それよりも、良兼老人の笑顔を見ることができないのが辛かった。ようやくのことで納得のいく品が仕上がり、これなら絶対に喜んでもらえると、胸を弾《はず》ませてやってきたのである。

座敷に通されると、老舗《しにせ》に似つかわしい立派な仏壇がしつらえられていた。

渥美屋は玳瑁《たいまい》の甲羅を仕入れて、職人たちに櫛《くし》や髪飾り、日常の装飾品などを細工させ、各地に卸《おろ》すだけでなく店売りもやっていた。また大名や旗本の屋敷にも出入りを許され、透絵《すかしえ》技法の方箱《ほうばこ》などを註文《ちゅうもん》に応じて納めるという、名のとおった商家である。

兼七が塗物を納めている結城屋《ゆうき》の主人に声をかけられて、渥美屋を訪れたのは、五年まえのちょうど今時分であった。

間口は八間（約一四・四メートル）だが、奥行きが驚くほど深く、何度も廊下を折れて渡り廊下を進み、離れの隠居所に案内された。その南西には茶室が建てられ、町の喧騒《けんそう》が届かない閑静《かんせい》な別世界をつくっていた。

雨あがりの大気に沈丁花《じんちょうげ》の匂いが濃密に満ち、急激に明るさを増した春の陽光に、木々の枝が光っていた。

良兼は小柄でやや太り気味の、血色のいい肌艶《はだつや》をした、還暦をすぎて間もない老人であった。

いかにも大家《たいけ》のご隠居らしくゆったりと構え、物腰もきわめておだやかで、小柄にもかかわらず風格が感じられた。頭は半白になり、福耳というのだろう、おおきな耳が印象深かった。

茶を喫《の》み終えると、老人はかたわらの桐箱を引き寄せた。

「さっそくですが」

良兼が蓋《ふた》を取って慎重に袱紗《ふくさ》をひろげると、漆黒《しっこく》の肌に白みを帯《お》びた緑がかかるという、大胆な色遣いの茶碗が姿を現わした。

相手は静かに微笑《ほほえ》んだ。陶器の茶碗をどうして漆《うるし》職人の自分に見せるのか、その意図が理解できず、兼七は戸惑《とまど》いを覚えた。

老人が兼七のまえに箱をそっと押しやった。一礼してから、器を手に取ろうと兼七は力を入れて持ちあげ、まるでしゃくりあげるようになり狼狽《ろうばい》した。陶器だと思いこんでいたので、力を入れすぎたのである。碗ではなく、紙と漆で仕上げた椀だったのだ。

そんな兼七を、老人が微笑を浮かべてじっと見ていた。

いわゆる張抜《はりぬき》と呼ばれる一閑張《いっかんばり》の一種で、紙を幾重《いくえ》にも張り重ねて漆で固めたものだが、器の一部がざっくりと割れていた。

「なおりますかな」

良兼老人に問われたが、即答はできなかった。気が遠くなるほど手間暇をかけていることが、一瞥《いちべつ》しただけでわかったからである。

断面から作業のあとをたどろうと、兼七は傷口を注視した。

凝《こ》りに凝ったつくりであった。細い繊維を密に漉《す》きあげた紙を何度も張りあわせた、ほれぼれするような仕事である。

角度を変えると、紙とはちがった繊維が見えた。強度を増すために補強の麻布を使用しているのだが、こちらも麻とは思えぬほど繊維が細い。

「むつかしいでしょうな」

「ふさぐだけなら……、ただ」

あとは声には出さずに、兼七は何度も首を横に振った。思わず知らず、溜息《ためいき》をもらしていた。もとに復すことは、とてもではないがむりである。

「やはりそうですか。いや、諦めてはおりましたが、結城屋さんに、兼七さんならあるいは、とうかがいましたので」

老人もおなじように溜息をついたが、その溜息を聞きながらも、兼七は器から眼を離すことができなかった。

「これだけ手がこんでおりますと、小細工《こざいく》ではどうにも」

漆は紙や布となじみながら、乾くときに微妙に変形するので、張抜の器には轆轤《ろくろ》鉋《がんな》で木を刳《く》り貫《ぬ》いて成型する椀とはちがう、偶然が及ぼすおもしろみをたのしむという悦《よろこ》びがあった。

その性質ゆえに、表面を糊塗《こと》してもゆがみが生じて、かえってぶざまになってしまうのである。

「漆はいきものでして」

「そう申しますな」

「おなじ紙、おなじ漆を使うても」

温度と湿気がわずかにちがうだけで、まったくべつものになってしまう。

兼七の謂《い》わんとしたことを察したらしく、老人はなんどもうなずくと、正座した膝に両手を突いてまえかがみになった。

「漆はいきもの、ですか。なんとも情のある言いまわしで、うれしくなります」

良兼は口もとをゆるめた。

「ですので」

そう言っただけで、老人は静かに兼七の言葉を引き継《つ》いだ。

「死化粧《しにげしょう》を施《ほどこ》すくらいのまねならできても、血を通わせるとなると、事だとおっしゃりたい」

こちらの考えが受け止めてもらえるのがわかって、胸の裡《うち》に熱い想いが満ちあふれてくる。

兼七は会釈《えしゃく》して、両掌で茶器を包みこんだ。声にこそ出さなかったが、口が「おッ」というふうに開いた。掌をあわせた窪《くぼ》みに器がおさまったとき、器が兼七の肌にすーっとなじんできたのである。

「肌にすーっと、なじんできたでしょう」

「へえ」

「ぴたりと肌を寄せて」

「へえ」

「まるで隙間《すきま》がなくなってしまう」

「へえ」

「椀のほうから寄り添ってくる」

どのように持ち方を変えても、体の一部のようになじむのである。壊れても老人が手放したくないのが、わかるような気がした。

「焼き物ではこうはまいりません。それに重い」

「……？」

「この歳になりますと焼き物は重すぎます。漆の良さを知ると、もう」

そんなものかな、とは思うが実感はわかなかった。それに職人の兼七が使うのは、薄くて軽い数茶碗《かずぢゃわん》である。茶人の用いる、重くて高価な茶碗なぞには、とんと縁がない。

「わたしには、高い代価を払って求めながら、箱に入れて仕舞っておく人の気が知れません。第一、器に対して失礼というものです」

兼七が見ると、良兼は言葉とは裏腹に、目にはやわらかな色をたたえていた。

「毎日使うからこそ、いい器でなければならないのです」

老人はそう言ってから、おおきな溜息をもらした。

漆器の椀に対する愛惜の念が、兼七にも痛いほどわかった。こんな人のために、これほど器を大事にしてくれる人のために腕を揮《ふる》いたいものだ、という抑《おさ》え切れない衝動に兼七の胸は震えた。

「もう一度、註文なさっては？」

それができないからこそ兼七に相談したことがわかっていながら、思わずそう言わずにいられなかった。

老人は目を見開いて兼七を見、それからゆっくりと目を細めた。

「できるものならそうしたいところですが、つくり手は亡くなりました。それも五十年もまえに。名もない職人が、いや、名前は吾助《ごすけ》さんといいます。聞いたことはないでしょうな、おそらく。その吾助さんが、暇なときに自分のたのしみのために、あるいは家族や知りあいに喜んでもらいたいがためだけにつくっていたらしい。だから数もすくないし、出まわっておらんのです」

「………」

「兼七さん。あなたいくつにおなりなさる」

「へえ、……二十六に」

老人がかすかに笑い声をたてた。

「……？」

「いや、これはとんだ失礼を」良兼は深々と頭をさげた。「結城屋さんに、兼七さんは職人にはめずらしく弁が立つと、聞いていましたのでね」

言われて兼七は頭を掻《か》いた。たしかに無口ではないが、大店のそれも大旦那で、しかも初対面なのだ。普段のように言葉が出るわけがなかった。

「わたしは隠居。ただの年寄りです」

「面目《めんぼく》ないこって」

「なにも、恥じたり謝ったりすることはありません。といって、自慢にもなりませんが」

「へえ、まったく」

二人は顔を見あわせて、声には出さずに笑った。ひとしきり笑うと、良兼老人は真顔にもどった。

「ところで兼七さん、つくってみようとは思いませんか、こういう品を」

「それはむりというものです」隠居の言葉にほぐされたおかげで、兼七の舌はいくらか滑《なめ》らかになった。「吾助さんは、名は知られていなくても名人だと思います。たいへんな腕の持ち主で、あっしなんぞにはとても」

「何年この仕事をやっておいでか？十年ではきかんでしょう」

「へ、十四の歳からですから、十二年になります。」

「人はだれも、生まれて十年ほどは親に養ってもらう。次の十年ほどが修業の時代。それから仕事で腕を揮い、続いて教える立場となる。兼七さん、あなたはほんとうの仕事をやるべき年齢に、差しかかっているのではないですか」

そうは言われても、ためらいのほうが強かった。

「あなたが兼七さんで、わたしが良兼。おなじ兼がつくというのも、なにかのご縁でしょう。どうです、わたしのためにこういう椀をつくってはくれませんか」

「……………」

「失礼ながら、声をかけさせてもろうたのは兼七さんだけではない。だが、修理《なおし》ができんとおっしゃったのは、兼七さんだけでした。だから信じられる。あなたは漆というものを、わかっていなさる」

「いえ、あっしは、わかっているからではなくて」

良兼老人はそれには応えずに手文庫を引き寄せると、紙に包んだ金子《きんす》を取り出して兼七のまえに滑らせた。

「五両あります」

「待ってください」

「手付けなんぞではありません。紙と漆、材料をそろえるだけでも、そこそこの出費となる。当座の費用です。気にせずにお使いください。返していただかなくてもけっこうですので」

五両という金をまえに兼七は頭を垂れたが、金が欲しかったのではない。挑戦してみたいという誘惑に、心が乱れたのである。

職人としての矜持《きょうじ》もあった。今を逃がすと、二度とこのような機会は訪れないだろう。

いやそれよりも、兼七は良兼老人の人柄に、そのゆったりとした雰囲気に、強く心を惹《ひ》かれていた。

本物の器の良さがわかり、器をたいせつに扱い、その器をつくる職人というものを認めてくれる人物に、一生で何度出あうことができるだろうか。そう考えると、とてもいやとは言えなかった。

さらには老人が目を細めて喜ぶような器をつくりたかったし、手にしたときの笑顔を見たいと、いつしか心の奥で切望するようになっていたのである。おなじ職人として、良兼を夢中にさせた吾助に、嫉妬《しっと》を覚えていたのかもしれなかった。

「それで、……いつまでに」

「つくってくださるか。ああ、それはありがたい」老人は相好《そうごう》を崩したが、兼七がかならず受けると、自信を持っていたふうでもあった。「日限は切りません。納得のいく品ができたらお持ちください。すくなくとも三十両はお支払いしますので」

金が足《た》らなくなったら遠慮なく取りに来るように、と良兼老人は念を押した。兼七が親方の㊂《まるも》こと茂作《もさく》と、年に数度は江戸に来ることを、結城屋に聞いているのだろう。

「あ、それからわたしが欲しいのは、このような器であって、これとそっくりでなくてもいいのですよ。いえ、まったく別物でかまいません。兼七さんの工夫《くふう》で、好きなようにつくってもらいたいのだから」

兼七の胸は、はち切れそうであった。漆の良さがわかる人にめぐりあい、しかも職人としての腕を認められたという、二重の喜びが心を充《み》たしていた。

それに、日々の、生きるためだけの仕事に物足りなさを覚え、そろそろ名指しで註文が来るような職人になりたいと思っていた矢先である。これを機に、一本立ちして店を構えることができるかもしれない。

だが取りかかってみると、考えていたほど楽ではなかった。

張抜は気が遠くなるほど手間がかかる。なぜなら漆を塗って紙を張り、その上にふたたび漆を塗るという作業を繰り返さなければならず、しかも漆が乾くまで次の工程に入れないからであった。

何度も塗っては乾かし塗っては乾かしして、そのたびに研《と》ぎ出しを繰り返し、できあがったものが納得ゆくかというと、そうとはかぎらない。

しかも、かかりきりになれるわけではなかった。親方のもとで普段の仕事をこなしながら、時間を見つけてすこしずつ進めなければならないからだ。

あっという間に五年がすぎ、ようやく良兼老人に見せられる品が完成したのである。それだけに、兼七の落胆はおおきかった。

二

定宿《じょうやど》にしている通旅籠町《とおりはたごちょう》の野州屋《やしゅう》に荷物を置いたが、早く気分を切り替えなければ、明日からの問屋まわりに障《さわ》りが出そうであった。兼七は湯を浴び、夕飯をすませると、町に出ることにした。

宿を出るとき器を二つ懐《ふところ》に入れ、風呂敷包みは番頭に預けた。

無口で無愛想な婆さんが一人でやっていて、喰いものの味がいい、そんな店でぼんやりとなにも考えないで飲む。できればそうしたかった。もっとも、その手の店がすくないことはわかっている。

いいのだ、むりに飲まなくても。夜風に吹かれて歩くだけで、気分は切り替えられるだろう。

安宿の殺風景な部屋で、隣室の話し声や荒々しく廊下を歩く音に悩まされるのだけは避けたかった。静かに酒を飲み、ほとんどの客が寝入った頃合に宿にもどりたかったのである。

宿を出て通りを西へとしばらく歩いたが、途中で南へ折れてちいさな橋を渡った。

すぐに西に折れて、室町《むろまち》では南に曲がり、日本橋《にほんばし》の手前で今度は堀沿いに東へと向かった。

四半刻（三十分）も歩いたあとで立ち止まったのは、注意していても見逃してしまいそうな店のまえであった。

通りからすこしさがっているし、間口は一間半（約二・七メートル）しかなく、軒《のき》行燈《あんどん》はちいさくてしかも暗かった。顔を近づけてようやく、「しつかのいへ」と読めた。

店の名は「静の家」というらしい。

暖簾はなく、引き戸のまえに鉢植えが三つばかり置いてある。目立たないというより、わざと目立たなくしているとしか思えなかった。

店のまえに水を打ち、入口の左右にちいさく浪《なみ》の華《はな》が盛ってあるので、酒食の店であるらしいとわかったのである。ひかえ目なところが兼七の心をとらえた。

引き戸を引くと店内がすっかり見える、そんな店であった。狭いがごたごたしていないのを、兼七は一瞬にして見て取った。

三坪か三坪半ほどで奥に板場がある、七、八人も入ればいっぱいになりそうな、はたしてこれで商売になるのかと心配になったほど、こぢんまりとした店であった。

板場で、四十まえと思われる女が立ちあがった。

「仕込み中ですかえ？」

「いいえ」そう言って女は微笑んだ。「さ、どうぞ」

女将《おかみ》の低いが聞き取りやすく、やわらかくて温かい声を耳にしたとき、兼七はそこが自分の求めていた店であることを直感した。

「酒を。燗《つ》けなくていい」

飯台には備前《びぜん》焼らしい一輪挿しがさりげなく置かれ、白梅が活《い》けてある。

「不躾《ぶしつけ》だと笑わないでもらいてえが、名はお静《しず》さん？」

「ああ、店の名ですね……」

女将は箸《はし》と箸置き、そして小鉢を並べると、続いて片口《かたくち》と猪口《ちょこ》を手に現われた。動作はゆっくりしているが、鈍《にぶ》いという印象は与えず、むしろ優雅に感じられた。

「この店は、お酒をお召しになりながら、静かにすごしたいかたのための場所にできたらと、そんなつもりで」

「だったら、静かの家ではなくて、静かな家にしなくちゃ」

「店が静かなのではなくて、お客さまの心の静けさをたいせつにしたいんです。ですから静か、な家ではなくて、静か、の家なんです」

「まるで禅問答だ」

兼七が苦笑すると、女将は袂《たもと》に片手を添えながら片口を持ちあげた。

「さ、どうぞ」

酒はさらりとしているのにコクがあり、沁《し》みるように口中にひろがってゆく。そして咽喉《のど》ごしがたまらなくいい。

口が寂《さび》しいなと思うと、

「なにか、お出ししましょうか」

筍《たけのこ》の煮付けでもあればいいが、いくら季節とはいってもそう調子よくは運ばないだろう。

「今日は筍が、とてもいい味に」

口に運ぶと、まさに「とてもいい味」であった。思わず「うまい」と呟《つぶや》くと、女将は満面を笑みで満たした。

「お客さん、江戸のかたではないのですか」

「うーん」と兼七は唸《うな》った。「やはり、わかるんだなあ、本人はちゃんと話してるつもりだが」

「いいえ、江戸のかたではなさそうなのに、歯切れがいいものですからね。江戸でお生まれになったかたなのか、あるいはしょっちゅうこちらに来られるかたなのか、などと。いけませんわね、お客さまのことを詮索《せんさく》などして」

　兼七は十四の歳に、火事で両親と兄、そして妹を失った。分限《ぶげん》というほどではなくても、父親は手堅く太物《ふともの》商を営んでいたので、気楽な次男坊としてなに不自由なく育てられた兼七は、唐突に世間に投げ出されてしまったのである。

　孤児になったかれを引き取ってくれたのは、下野《しもつけ》に住む塗師《ぬし》の伯父《おじ》茂作であった。

　兼七は父の兄である通称㊂の伯父に、仕事を徹底的に仕込まれた。

　十四まで江戸の商家で育ったからではないだろうが、兼七は職人にしてはめずらしく弁が立ち、おかげで仲間からは白い目で見られたこともあった。

　職人の口下手は非難されず、むしろ好意的に受け入れられることが多い。仕事中のお喋り、とりわけ私語は親方から大目玉を喰う。仕事場ではだれもが、ただ黙々と働くばかりであった。

　外部の人間との接触も同じ塗師の仲間くらいで、それ以外はほとんどない。たまに訪れる問屋や仲買人の応対には、親方が当たるのである。

　決まった顔で毎日おなじ手順を繰り返していると、説明しなくても大抵のことはわかってしまう。「あれを、なにしとけよ」だけで、相手の言いたいことが汲《く》み取れるし、でなければ一人前の職人とは扱ってもらえない。

口が達者だとか、なにかべつのことができるとわかると、「だからあいつは腕が半端なんだ」などと陰口を叩かれるほどだ。

「これからの職人は、弁が立つくれえでなくちゃなんねえ」

茂作がそういうのは、決まって兼七のほかにだれもいないときであった。

兼七は伯父の供をして年に何度かは江戸の問屋をまわるようになっていたが、口下手な茂作は、若くても問屋や仲買人と対等に渡りあえる甥《おい》を、たよりにしていたのである。一年中仕事場から出ることなく、ただひたすら器づくりに励《はげ》む職人とは、おのずから世間や仕事に対する見方がちがっていたからだろう。

普段は兼七も地元《とち》の言葉を話すが、独特の訛《なま》りがあり、やや尻あがりなために途中で途切れたようになって単調に聞こえ、まだるっこくてならなかった。そのためもあってか、江戸に出ると水を得た魚のようになる。

女将はそんな兼七の自尊心を、期せずしてくすぐったのであった。

いつの間にか兼七は、良兼老人の死を知って言葉すくなになっていた反動からか、雄弁になっていた。女将はほとんど相鎚《あいづち》を打っているだけなのに、二人で話しあっているような気にさせてくれた。

兼七がいつしか良兼老人の話をはじめたのは、女将が聞きじょうずなせいもあったのだろう。

老人の死には触れなかったが、話しているうちに、兼七の哀しみは次第に薄らいでゆくようであった。

たのまれてあれこれと失敗を繰り返し、それでもたしかなものを着実に身につけたという自信が、じわじわと湧いてきた。兼七は自分が得たもののおおきさに、気づかされたのである。山登りの途中で背後を振り返り、自分が歩んできた跡を確認した男のように。

「言っちゃなんだが、自信はあるんだ」

「きっと、喜んでもらえるわよ」

「そうとも」

言ってから兼七は眼を見開いた。

まちがっても、女将が「喜んでもらえるわよ」などと言うわけがない。声のしたほうにゆっくりと首を捻《ひね》った兼七は、思わず上体をのけぞらせた。

まだ十七、八歳と思われる娘が、坐《すわ》っていたからである。

「あれ、この人は？」、

「いやですよ、お客さん。玉《たま》じゃありませんか」女主人はさらりと言った。「お酔いになられたんですね」

「お玉、……さん？」

「はい」

娘は屈託《くったく》なく、目もとに悪戯《いたずら》っぽい色を浮かべて、声も立てずに笑った。

すがすがしさが漂《ただよ》うのは、化粧っ気《け》もなければ、年頃の娘の体が発する甘やかな匂いがしないせいかもしれなかった。すぐとなりに坐っていたのに気づかなかったのは、そのせいだろう。

いや、いくら酔っていたとしても狭い店である、気づかないなどということがあるだろうか。

「引きあわせましたよ、姪《めい》の玉だって」

「声を聞いたのも、顔を見たのも……」

「いいじゃありませんか」兼七が納得のいかない顔をしているので、女将は言った。「ではあらためて、姪の玉です。こちらは」

「漆職人の兼七さん」お玉は、くすくすと笑った。「五年かけて、ようやく得心のゆくお椀を、仕上げることができたんでしょ」

「ね、ごらんなさい」

女将は眼と口もとに、かすかな笑いを浮かべた。

「こんな美人、一目見たら忘れるはずないがなあ」

お玉は赤くなって袂で顔を隠したが、兼七はお世辞を言ったわけではなかった。お玉は涼し気な切れ長の目をし、鼻はあまり高くなく、形のよい口をしていた。そして含むように、ひかえ目に笑うさまが愛らしい。

どう見ても素人娘《しろうと》であった。

おそらく、普段は店に出ていないのだろう。この種の商売では、店の若い女を親戚《しんせき》の娘だとか、姪だということがよくあるが、ほんとうに女将の姪なのかもしれなかった。まったく擦《す》れていなくて、それが兼七の気持をうれしくさせた。

三

女将はふっくらとして、お玉はほっそりしているのに、二人の醸《かも》し出す雰囲気は驚くほど似通っていた。独特の笑いかたのせいだろうか。

話を聞いているとき、常にかすかな笑みを浮かべていたが、それが兼七の話に共感しているという気持にさせるようだ。お互いのあいだにやわらかな空気が漂っているという、安心感が得られるのである。

兼七は懐に手を入れると二つの器を取り出したが、そのときちょっとした悪戯心で、茶椀がまるで陶器でもあるかのように置いて見せた。

「ご隠居の註文の品だ」お玉が手を出そうとするので、「おっと、気をつけてくれよ。落として割られでもした日にゃ、三十両がふいだからな」

「三十両！」

二人は声をあわせ、しばらくは器を見詰めたままでいた。やがて女将がおそるおそる手を出したが、兼七が良兼老人のまえでやったように一気に頭の上まで持ちあげて、

「まあ！　張りぼてじゃありませんか」

「ああ、張りぼてだ。だが、そんじょそこらの張りぼてとは物がちがう」

女将が置いた器を、三人はしばらくのあいだ、ただ黙って見ていた。

良兼老人に器を註文されて、兼七は人が変わった。

紙は問屋をまわるだけでなく、産地にも出向いた。紙漉《す》き職人に根掘り葉掘り訊《き》い

てうるさがられたし、酷寒の日に、凍りそうな水に手を真っ赤にして、自分で紙を漉きもしたのである。

繰り返し足を運ぶうちに、兼七の熱意に絆《ほだ》されて、でなければ根負けして協力してくれる職人も現われた。

漆については、塗師の兼七は隅々まで知りつくしているつもりだったが、漆掻きの職人に樹液を採る段階から学びなおした。

紙も麻布も、繊維が細くてしかも腰の強いものを得ようとすると、原料の蒸し、水《みず》晒《ざら》し、樹皮の叩き出しという工程に、何倍もの手数をかけなければならないこともわかった。しかもそれは、あくまでも準備段階にすぎないのである。

女将とお玉の二人には言わなかったが、生活のための仕事よりも手間暇かかる漆器づくりに没頭し始めると、女房子供のことなど考えもしなくなった。

給銀は十四日と晦日《みそか》にもらうが、日銭稼ぎの職人なのでたちまちにして金に窮した。親方や知りあいに説教されても、兼七は聞く耳を持たない。

ある日、家に帰ると灯《ひ》が点《つ》いておらず、土間に入ると同時に、けたたましく子供が泣き始めた。

「きく……」

女房の名を呼んでから、思わずそれを呑みこんでしまった。きくが暗がりに、ぺたんと坐っていたのである。黒い塊《かたまり》になって、目だけが白く光ったような気がした。

「子供が泣いてるじゃねえか」

感情的になると、兼七は江戸弁になってしまう。

「はら、へってんだよ」

きくの土地言葉に気持を逆撫《さかな》でされ、思わず呶鳴《どな》りつけてしまった。

「だったら早く飯を炊いてやれ。おれだって腹ぁ空かしてるんだ！」

「米がねえ」

「買ってこい！」

「銭がねえや」

「一升やそこら、つけてくれるだろう」

「もう、借りられるだけは借りちまった。どっこも貸してくれっとこなんかねえや」

「おれは働いてるんだ、やりくりは女房の務《つと》めだろうが」

「金を入れてくんねえのに、どうやってやりくりすりゃいいんだよぉ」

「伯父んとこは」

「三月分も前借りしてんだぁ、給銀」

「たのみゃ、すこしはつごうしてくれるだろ、おれのたった一人の身内なんだぞ」

「これ以上あまやかすと、おめえのためになんねてことわられた。さっき行ってきたばっかだよ」

「おめえの兄貴は？」

暗さに目が慣れたので、きくの顔がぼんやりとだが見えるようになった。雀《すずめ》の巣のようなぼさぼさの頭髪の下で、泣いたらしく化粧っ気のない顔が汚れていた。兼七は思わず目をそむけた。

「まさか、かわいい妹を干乾《ひぼ》しにしたいとは思うまい。いくら血も涙もない男でもな」

「血も涙もねえのは、そっちじゃねえか。あんちゃんを悪くいえる立場かよぉ、女房子供にひもじい思いをさせてるくせに」

ぐうの音《ね》も出なかった。火が点いたように、子供がさらに泣き声を張りあげた。兼七はふてくされ、板間にひっくり返って大の字になった。

しばらくするときくが子供を抱いて出て行ったが、それっきりもどって来なかった。

翌日、やって来たきくの兄は、兼七の料簡《りようけん》を聞きたいと言ったきり、黙《だん》りを決めこんでしまった。もともと無口な職人が、貝のように口を閉ざしたのである。

腕を組み、目を閉じて、梃子《てこ》でも動きそうにない。

話したところでわかってもらえるはずがないので兼七もおなじように沈黙したが、沈黙の質は義兄のほうがはるかに上であった。兼七は閉口し、やがて耐えられなくて喋りはじめた。

名前は出さなかったが、漆のこともそれをつくる職人のことも深く理解している商家の大旦那から、じきじきに器の註文を受けたこと。自分はだれが使うのかわからない器ではなく、それをいとおしみ、職人を十分に理解してくれている人のために、技を出し切って納得のゆく仕事をしたいのだ、ということなどを、である。

その大旦那は、器は飾ったり仕舞ったりするものではなく、日々使わなくては意味をなさない。だからこそ、いい器が欲しいと言った。職人の自分に、その言葉がいかにうれしかったか。それほど器をたいせつにしてくれる人が、心から喜んでくれる器をつくるのが自分の夢なのだ。

それが仕上がれば、また普段の仕事にもどるつもりである。しかし、思うようにゆかず、時間ばかりが流れてゆくのだ、と。

気持はよくわかったと義兄は言い、そして付け足した。職人の仕事とはそのようなものでないと自分は考えるが、それを言っても、今の兼七にはわかってはもらえないだろう。

きくの兄はそう言い残して帰ったが、女房と子供はもどらなかった。

着物は垢《あか》にまみれ、髪も髭《ひげ》も伸び放題、満足に食事もしないので、兼七はさながら幽鬼であった。かれは目を血走らせ、昼夜をわかたず没頭したが、事はそれほど簡単には運ばない。

そして突然、なにもする気にならなくなったのである。板間に寝転がると、頭のうしろに両手を当てて、ぼんやりと上を見あげていた。木組みや屋根裏の藁《わら》が、黒く煤《すす》けている。

なにがちがうというのだろう。

良兼老人の註文を受けてから、早くも四年の歳月が流れていた。どれだけのことをやれば、どのような結果が出るというものではないだけに、迷路にはまると疲労感は一入《ひとしお》であった。

兼七はそのようにして三日ものあいだ、天井を見て暮らしていたのである。

「わかった！」

兼七はゆっくりと上体を起こした。

良兼老人が言ったではないか、吾助は暇なときに自分のたのしみのため、でなければ家族や知りあいに喜んでもらうためだけにつくっていた、だから器が出まわっていないのだ、と。

自分には一番肝腎《かんじん》なそれが欠けていた。良兼を唸らせよう、吾助を超えてやろうとばかり考えていたのである。

吾助は自分や親《ちか》しい人が日々使う器を、使い続けても厭《あ》きのこない品をつくろうと、手のこんだ工程をむしろたのしむようにして、気随気儘《きずいきまま》につくったのではないだろうか。

自分の内面を静かに、なんの気負いもなく見詰めることが、あの器を生んだのだ。お天道さまに向かって両掌をあわせるような、祈りにも似た邪気のなさがあの器を生み、だからこそ良兼老人の心をとらえたのである。

とすれば自分には、その一番たいせつなものが欠けていた。

そうだ、自分のほんとうにつくりたいものを、自分の手法でつくろう。

良兼老人の註文があるまえから、兼七は自分なりの漆器づくりの腹案を持っていた。いつになるかはわからぬがそのときが来たら、その方法でつくってみようと思っていたのである。老人から話があったのでその考えは心の片隅に追いやられていたが、今こそ実行すべきときではないだろうか。

そのような個人的なあれこれについては話さなかったが、自分が編《あ》み出した張抜の新しい方法については、いくらかお玉と女将に自慢したくもあった。もっとも職人の話が市井《しせい》の女におもしろいとは思えなかったので、退屈なようすを見せれば切りあげるつもりでいたのである。ところが二人は厭きるどころか、次々と質問をするので、かれは器づくりのあらましを語ることになった。

薄い紙を、漆をかけながら何度も張りあわせ、これまた細い繊維で織った麻布で補強してゆくのが、吾助の方法である。

「だが、おれのやりかたは、紙のつくりかたからしてちがっているのだ」

お玉と女将は酌《しゃく》をするのも忘れ、身を乗り出して話に聞き入っていた。

紙は漉かず、十分に晒《さら》した楮《こうぞ》の繊維と、とろろ葵《あおい》の根を槌《つち》で叩いて細かく砕き、それぞれを水に入れてよくなじませる、というのが兼七の工夫であった。なじんだものをまぜあわせてどろどろの状態にし、目の粗《あら》い麻布に振りかけて乾かすのである。紙の厚さは目的に応じて変えるが、いくら薄くつくっても、吾助の用いる紙に較《くら》べると厚くなる。

次に、紙に霧吹きをして湿らせたものを型に張りあわせてゆくが、ここからは吾助とはさらにちがいが顕著《けんちょ》であった。鉋《かんな》で薄く削ったエゴノキに漆を塗って、紙の上から竹を編むようにして貼り、さらに紙を貼って漆を塗り、乾かすのである。これが兼七の新しい手法であった。

「漆を塗って乾かしたら硬くなるでしょ」

女将が言うと、お玉も同意した。

「竹を編むように貼れるかしら」

「ああ、エゴノキは硬い。だが硬くてもしなやかなんだ。鉋で削るんだよ、鰹節《かつおぶし》より薄く」

「そこが腕の見せどころなのね」

そのようにいちいち口を挟んでは、説明を聞いて納得するのであった。

乾けば型から抜き、口の当たる部分に霧を吹いており曲げ、なじませながら整形してゆく。

それが乾くと大量の漆を染みこませるのだが、漆の乾くあいだに紙とエゴノキの薄片がなじんで器を微妙に変形させてゆき、形が固定するのである。

「ここから、塗師の腕がものをいう」

まず器の内側に蒔地《まきじ》を施すが、これは漆を塗った上に、地の粉という極めて微細な焼き砂を密に蒔《ま》く作業であった。

乾いたら空研《からと》ぎにかかる。水を使わずに密な砥石《といし》で表面を滑らかにする作業を数回繰り返すと、熱湯を入れてもだいじょうぶな下地ができる。

次が、漆の刷毛《はけ》塗りをして乾かし、漆専用の砥石に水をつけながら研いで、荒れた部分を滑らかにする水研ぎであった。

そこまで進むと、いよいよ総仕上げである。顔料とまぜた色漆を塗り、乾かし、水研ぎをして、布に漆を染みこませて器に摺《す》りこむ摺漆《すりうるし》をおこなう。

これが乾くとべつの色漆を塗って乾かし、まえに塗った色漆が現われるまで、水研ぎと摺漆を施すのであった。場合によっては、この作業を何度も繰り返す。

兼七は黒漆だけを用い、何度も水研ぎと摺漆を繰り返した。

かれは仕上げとして、艶《つや》のある黒漆の表面に、何箇所か朱漆をあしらった。大胆な趣向だが、良兼老人にふさわしいと思ったのである。

「一仕事終わると、くたくたでね。そのときに飲む一杯の水の、うまいこと」

意味がよくわからないお玉と女将は、顔を見あわせてきょとんとしている。

漆を固めるには、高い温度と湿気が必要なので、閉めきった作業場で下帯一つになって汗にまみれて取り組むのだが、漆を扱っているあいだは小用に立つことができない。

「あら、どうして？」

「漆が肌につくと、火傷《やけど》をしたようにプツプツと焼けてたまらないほど痛くなるんだ。だから小便もぎりぎりまでがまんする」

「……？」

「手の皮は厚いし、漆にも慣れてるからなんともないが」

「あッ」とちいさく声をあげて、お玉は耳まで真っ赤になった。

笑いをこらえようとして、女将もおなじように顔を赤くしていた。

漆が手についているとたいへんなことになるので、尿意を抑えるために仕事の前日から水は極力がまんする。そのため、仕事をすませたころには体中の水気が抜けた状態になってしまう。

もちろん、すんなりと運んだわけではない。だが屈せずに続けた甲斐《かい》があって、ようやく納得のゆく品を仕上げることができたのである。

作業の過程で兼七は、自分では気づかないうちに多くの技術を習得していたようだ。あらためて吾助の手法に取り組んでみると、今度はさほど苦労することもなく、思ったような器をつくることができた。

器をまえにして兼七は困惑した。江戸に出る旅費はおろか、明日の食費にも事欠いていたからだ。

これからは心を入れ替えますと伯父に詫《わ》びを入れると、今回かぎりだという条件で許された。

その後の半年はまじめに働いたが、江戸に出る直前に伯父が病《やまい》を得て寝こんでしまった。一人で交渉してみますからと、数日の余裕をもらって兼七は田舎《いなか》を出たのである。

出立のまえに病床の茂作が兼七を呼んで、女房のきくと縒《よ》りをもどさないか、性根を入れ替えた今のおまえならいやとは言うまい、わしからもたのんでやるからと言った。

良兼老人に、工夫した器を見てもらうことしか頭になかった兼七は、生返辞をしてその場を辞した。

二人の女のまえに、二つの器が置かれている。

「どちらがいい出来だと思うね？」

言われて女将とお玉は顔を見あわせた。

「品物の善《よ》し悪しはわからないけど」ややあって、お玉がためらいがちに言った。

「わたしは、こっちが好き」

「どうして？」

「善し悪しはわからないと言ったでしょ」お玉は切れ長の目で兼七を睨《にら》み、頬をふくらませたが、その仕種《しぐさ》がかわいかった。「なんだか、生き生きとしているように感じられるの」

「職人になって、こんなにうれしいことはなかったぜ。こっちはおれの工夫でつくったもので、そっちは吾助さんの器をまねてつくった椀だよ。渥美屋のご隠居のまえに、二つ並べて出そうと思っていたんだ」

「では、まだ見せてないんですか」

女将が、あきれたという顔をした。

「死んじまったのさ」

「だったら、せっかくの苦労が水の泡じゃないですか、兼七さん」

「ああ。しかし探すよ。問題は、これがわかる人がいるかどうかってことだが」

「いるわよ。きっといるわ」

お玉のことばに、兼七は何度もうなずいた。

「そうとも。ひろいお江戸だ。いないわけがない」

「三十両が消えたのね、春の雪のように」

女将が遠くを見るような目で呟いた。

四

各町の木戸は五ッ（午後八時）に閉められ、四ッ（十時）には錠《じょう》がおろされる。そうなると、木戸番にたのんで門横の潜《くぐ》り戸を開けてもらわなければならないので、兼七は四半刻（三十分）の余裕をみて店を出た。

人通りは絶えているが、春の夜の空気はどことなく艶《なま》めいて感じられた。

お玉に気づいたのは、宿のある通旅籠町に入ってからであった。兼七が立ち止まると、お玉はためらいがちに近づいて来た。

伯母《おば》さんが心配するぞと言うと、お玉はことばを濁《にご》していたが、

「もうすこし話していたかったから」

「おれと？」

「二度と逢えない気がしたの」

兼七は年に一、二度は江戸に来ているし、お玉は「静の家」にいる。いつだって逢えるではないかと言うと、お玉は弱々しく首を振った。その目には涙が浮いていた。

気がつくと、兼七が宿をとっている野州屋のまえに来ていた。

「ご迷惑でしょうから、帰ります」

上目遣いのお玉の切れ長な目が、ぞくっとするほど色っぽい。

「あ、いや、べつにかまやしないが」

「が？」

瞳が急にたよりなげな、すがりつくような色を帯びた。それを見た兼七は、お玉を追い返すことができなかった。

一朱銀を握らせると、宿の番頭は「なにもかも心得ていますよ」とでも言いたげに、下卑《げび》た笑いを浮かべた。

部屋にはすでに蒲団《ふとん》が敷かれていた。小女《こおんな》が有明行燈《ありあけあんどん》を置いて出て行くと、気まずい空気が室内に満ちた。お玉は膝をそろえて坐り、うつむいたまま身を固くしていた。

「ふしだらな女だとお思いでしょうね」

「そんなことはねえが。……どうも、その、……事情がありそうだな」

お玉が不意に顔をあげた。

「わたしを、連れてって、ください」

「ちょっと待ってくれ。藪《やぶ》から棒に言われても困るし、……それよりも伯母さんが哀しむだろう」

「あの人は、伯母なんかじゃありません。……わたしは捨てられていたんです。女将さんに拾われて、育てられました。あの人は命の恩人です。ともかく今日が日まで、食べさせてもらったんですから。……でも、このままでは」

お玉は口を噤《つぐ》み、ずいぶん経《た》ってから続けた。

「わたし、妾《めかけ》になんかなりたくない」

「妾？」

「あの店、流行《はや》ってないでしょ、まるっきり。今夜のお客さんは兼七さんだけだった。変だとは思いませんか」

「しかし、いつもああではないだろう」

「でもあんな狭い店で、やっていけると思います？」

たしかに客がそこそこ入ったとしても、実入りは高が知れているだろうと思われるのに、女将は客を呼ぶ努力をまるでしていないように見受けられた。

「食べさせてもらっているのは、わたし一人じゃないんです。今は五人。七、八人いたこともありました。若い娘の面倒を見るのが、女将さんの生き甲斐なんです。身寄りがない娘を養女にして、そのうちに店に出して客の相手をさせたり、妾に世話したり」

「客の相手って、……そういう店ではないんだろ？」

「おなじでしょう。後添いや妾に世話して、お金をもらうのだから」

女将が女衒《ぜげん》めいたことをしているとは、信じられなかった。おっとりして、人を疑うことなど知らないのではないかという気さえするほどであった。よくあれで悪い男に騙《だま》されないものだと、兼七は心配していたくらいである。

「わたしたちを食べさせなくてはならないので、お金《あし》はいくらあっても足りません。礼儀作法や縫物など、女一通りのことは教えてくれます。習いたければ、稽古所《けいこじょ》にも通わせてくれるし」

「高く売るためにそうしているとは、どうにも思えない。悪い人には見えないんだよ」

「そうなんです」

しくてならない。

兼七は肩透かしを喰らったように感じた。やりとりがちぐはぐで、どうにももどか

「女将さんは、本人のためだと信じてやっているし、幸せになれると喜ぶ娘《こ》もいるんです。孤児《みなしご》でいるより、いいものを着ておいしいものを食べられるほうが、よほど幸せだって娘が。それに妾や後妻ではなくて、商家の内儀《おかみ》さんや大工《だいく》の棟梁《とうりょう》のお嫁さんになった娘もいます。そういうときだって、お礼はもらうんですよ」

「そしてお玉さんは、お妾さんてわけか」

「おねがい、わたしを連れてって」

お玉が飛びつくように抱きついてきたので、兼七は若くやわらかな体を受けとめた。ほっそりとして見えるが、驚くほどたしかな手応えがあった。そしてやはり、店にいたときとおなじように、化粧の匂いも若い女特有の肌の匂いもしなかった。

兼七は体を離し、両肩に手を置いて瞳をのぞきこんだ。

「いいか、気を鎮めるんだ。おれとお玉さんは、今日初めて逢った」

「でも、好きになっていけないって法はないでしょう」

「互いのことをなにもわかっちゃいない」

「長い時間をかけても、わかりあえない人もいます。……お店でお話を聞いて、わた

しが生涯をともにするのは、兼七さんをおいてはいないと感じたんです」

「おれには女房子供がいる」

かれが家族を構わず自分だけの世界に没頭したために、二人は実家にもどっていたが、縁が切れたわけではない。

「別れてください」

「無茶をいうもんじゃない」

お玉の体がぐらりと揺れたが、畳に手を突いたので倒れはしなかった。おそらく覚悟を決めてついて来たのだろう。ところが、ねがいは叶《かな》わなかったのである。

気持はわからぬでもないが、応じることもできない。

垂れていた頭をあげると、お玉はよく光る目で兼七を見、かすれた声でいった。

「おねがい、……抱いて」

「いっしょにはなれないと言ってるんだ」

「わかっています。ほんとうに好きな人に抱かれたいんです、いっとう最初は。……兼七さん、わたしのこと嫌いですか」

「とんでもない」

「だったら、おねがいです。……兼七さんに抱いてもらえたら、あとは死んだ気になって、がまんします。初めて抱かれるのがあんな男なら、いっそ死にたい」

相手は五十六歳になる金貸しだという。「相撲《すもう》取りのように太った大男で、脂《あぶら》ぎった赤い顔におおきな蛞蝓《なめくじ》のような唇をして、手首まで毛むくじゃら」、そこまで言ってお玉は身震いした。見れば肌が粟立っている。

抱きしめると、お玉はすがりついてきた。ところが兼七が着物の裾《すそ》に手を伸ばすと、反射的に膝に力をこめて足を閉じようとする。もっともそれは瞬時で、たちまちにして力を抜いたが、生娘《きむすめ》らしい仕種がなんともいじらしかった。

ほどなく直面しなければならない、金貸しの妾という境遇に耐えるための儀式でもあるかのように、お玉はすべてを兼七に委《ゆだ》ねた。若い体からは力が抜けて、どのような形にも変化したが、かといって弛緩《しかん》したわけではなく、肉は十分すぎるほどの弾力をそなえ、驚くほどしなやかであった。

兼七はいつしかわれを忘れて、お玉の柔肌《やわはだ》にのめりこんでいた。肌がかすかに汗ばんでも、やはり匂いは発しなかった。

お玉の肌は、兼七の職人らしいむだのない筋肉質な体に密着してきた。

これは器だ！　吾助の、いや兼七が精魂を傾けてつくりあげた、こちらの肌に寄り添い、手にした者の心を虜《とりこ》にしてしまう器そのものではないか。

お玉の体はおれのためにこそ在《あ》り、価値を発揮するのだ。離したくなかった。相撲取りのように太って赤ら顔の、手首まで毛むくじゃらの金貸しの妾になどしたくない。してたまるものか。

お玉はおれのものだ。おれのために天が授けてくれた器なのだ。

やりなおせるかもしれない。お玉となら新しい人生を実現できるという気がする。

温かなものが胸に満ちてきた。

そうだ、やりなおそう。お玉といっしょになろう。

女房子供に未練がないわけではないものの、おれに見切りをつけて去って行ったのだ。病気の伯父にはすまないが、下野に帰るのはよそう。

なにかがふっきれて、すっきりしたすがすがしい気分だった。良兼老人という理解者は失ったが、ひろいお江戸だ、おれの腕がわかる通人がいないということもあるまい。

「田舎には帰らねえ」

「だっておかみさんが」

「逃げられた。ほったらかしにして、狂ったように椀をつくっていたから、愛想をつかして逃げちまったんだ。おれは、お玉さんとやりなおしたい」

「うれしい！」

「いや、やはり帰らないわけにはいかないな」

そう言うと輝きにあふれたお玉の顔が、一遍に曇《くも》ってしまった。

問屋との交渉がどうなったかを、仕事仲間が首を長くして待っているのだ。報告したらかならずもどる、そう言うと、「十日」とお玉が呟いた。

「明日から問屋をまわることになる」

「何日くらい？」

「二、三日ですむだろう」

「よかった。十日をすぎたら、わたしは囲われ者ですから。それだけは忘れないで」

「あたりまえだ。お玉さんは、おれがつくった器の、値打ちのわかる人だからな」

「兼七さん。器をもらっていい」

「今度逢ったときにやろう」

「きっとね」

「ああ、きっとだ」

「うれしい」

いうなりお玉はすがりついてきた。鼻の頭が兼七の頬に触れたが、それは冷たくて湿っていた。和毛《にこげ》が肌をやわらかく撫でた。むき出しの真っ白な乳房が震え、乳首が桜の花びらのような清潔な色をして、まぶしく輝いて見えた。

五

わずかな日にちですっかり春めいたためか、兼七の肌は汗ばんでいた。いや、陽気のせいばかりではない、ついつい気が急《せ》いて足早になっていたのである。問屋まわりでは立派に伯父の代理を果たしたし、思いもかけない出来事のために、職人としての自信と誇りを取りもどすこともできた。

しかし兼七の足を急かせるのは、お玉に逢いたいという一心であった。先日の、密着してきた柔肌の感触を思い出すたびに、体の芯が熱くなってくる。

問屋まわりは順調であった。資金難や借金に苦しむ多くの藩は殖産に力を注ぎ、生糸、織物、陶器、漆器、莨《たばこ》、藍《あい》、紙などの特産品を奨励《しょうれい》していた。生産地の競合が激しい漆器を生業《なりわい》としている兼七たちは、技術の向上に力を注ぐだけでなく、こまめに仲買人に会い、問屋めぐりを繰り返さなければならなかった。

兼七にとって幸運だったのは、老舗の有明屋《ありあけ》が代替わりしたことである。新しい当主は、地味な先代のやりかたに、日頃からまだるっこしさを感じていたらしい。自分なりの新しい取引を始めようと意欲を持っていたが、それを察知した業者が砂糖に群《むら》がる蟻《あり》のように接触し始めていた。

ところが野心家でありながら根が淡泊なこの男は、訛りの強いお国言葉で粘り強く交渉を続ける連中に閉口し、反動のように、歯切れのいい口跡の兼七を気に入ってしまったのである。

とんとん拍子に話が進み、寺社や大名屋敷などに出入りしている有明屋に、品物を納めることが決まったのであった。

「兼七さん、あなたには驚かされました」付きあいの長い結城屋が真顔で言った。「たいした商人《あきんど》におなんなさった」

「いえいえ、わたしはしがない職人です。それに今度のことは、伯父が地道な努力を続けてくれたおかげだと思っております」

「親父さんもまっとうな商人だったが、血というものは争えないものだ」結城屋は勝手に納得していた。「ところで、お亡くなりになられた渥美屋の大旦那さまに、茶椀を頼まれていなさったそうだが」

隠居の良兼老人を、結城屋は以前から尊敬をこめて大旦那と呼んでいた。ようやく納得のゆく品が仕上がったと答えると、見せてもらいたいという。

器を手に、鋭い眼で鑑定でもするように矯《た》めつ眇《すが》めつしていた結城屋の厳しい顔が、急に柔和《にゅうわ》になった。

「大旦那さまは知音《ちいん》の多いお方で、茶の同好の士に三千石の大身《たいしん》旗本春川《はるかわ》左衛門《さえもんのじょう》尉正時《まさとき》さまがおられる」

たまたま吾助の器に話が及び、兼七がつくっていると知ると、ぜひ見たいので、江戸に来るおりがあれば、かならず屋敷を訪ねるように言ったというのである。

良兼のためにつくった器だが、亡くなったとなればしかたがない。そういうことなら旗本の春川とやらに吹っかけてやるか、となかば本気で兼七は出かけることにした。

四谷御門《よつやごもん》に近い広壮な春川屋敷を訪れると、お広敷《ひろしき》に通された。御用人の三池三太夫《みいけさんだゆう》と名乗る、背筋が一枚板でできたように姿勢のいい中年の武士が現われたのは、半刻（一時間）も待たされてからであった。

待っているあいだに、兼七の心は次第に虚《むな》しさに占められていった。精魂こめてつくった器がなぜかかわいそうに、ということはそれをつくった自分が哀れに思えてきたのである。

茶器を手渡すと三池は奥に消えたが、今度はほどなく姿を見せた。

「殿におかれては御意《ぎょい》に召され、ことのほかお喜びであられる。してこの品、いかほどにて手放すか。……黙っておってはわからぬではないか。腹蔵《ふくぞう》のないところを申せ」

それでも兼七が無言のままなので、渥美屋の隠居にはいくらでたのまれたのだと、単刀直入に聞いてきた。

最低でも三十両は払うといわれたと正直に答えると、三太夫は口をへの字に結んで兼七を凝視していたが、やがて重々しく口を開いた。

「町人が三十両出すと申した以上、武士たるものがそれ以下で購《あがな》うべきではないと申すのだな」

「いえ、決してそのような」

三太夫はおおきく眼を剝《む》くと、兼七を無言のまま見据え、ややあって言った。

「五十金ではどうだ」

「五十金でございますか？」

「さよう、五十両だ。不足か」

「そういうわけではありませんが」

三太夫が手を打ち鳴らすと、隣室でひかえていたのであろう若侍が、折敷《おしき》を捧げて現われた。見れば切餅、つまり二十五両の包みが二つ載せられている。

「お待ちください。このお金はいただくわけにまいりません」

「不足はないと申したではないか。職人の分際で、商人のように二枚の舌を使うとは太いやつ」

「いいえ、滅相《めっそう》もない。ご覧になりたいとおっしゃるので、お見せいたしましたが」

「そうだ。殿がご覧になられて、お買いあげなさると申されたのだ」

「あの品は、べつのお方のためにつくったものですので」

「聞いておる。だが渥美屋の隠居とやらは、死んだのであろう。なにも、死人《しびと》に義理立てする謂《い》われはあるまい」

「いいえ、そういう問題では」

「なにを申したいのだ」

「渥美屋のご隠居にたのまれまして」

「だから、その商人は死んでおるではないか」

憮然《ぶぜん》とした三太夫の、こめかみの辺りに血の管《くだ》が浮きあがっていた。とてもわかってもらえそうにないのを知って、兼七は気が重くなった。

「値を釣りあげようなどと姑息《こそく》なことは考えず、黙って受け取れ」

「どうかご勘弁ねがいます」

しばらく兼七を睨みつけてから、三太夫は立ちあがった。

「殿にうかがってまいるゆえ、暫時《ざんじ》ひかえておれ」部屋を出る直前に振り返り、三太夫は冷たい笑いを浮かべた。「覚悟しておくことだな」

お手討ちにされるという意味だろうか、なんたる理不尽《りふじん》な。しかしいやだ。気に入らない。兼七はむかむかするのを抑えるのに、たいへんな苦労をした。

不愉快《ふゆかい》さを満面に浮かべて、御用人はほどなくもどってきた。

おもしろいやつだ、会ってみたいと申されたというのである。殿様がじきじきにお会いなさるなどということは異例中の異例であるので、くれぐれも粗相《そそう》のなきようにと、三太夫はくどくどと念を押した。

兼七を同道したむねを三太夫が告《つ》げると、「入れ」という意外に思うほど甲高《かんだか》い声がした。

二人は居室に入り、御用人は襖脇《ふすまわき》に正座した。兼七は頭をさげたが、その直前に書見台をまえに読書中のこの屋敷の主人を一瞥し、瞬時に三太夫と同類だと見て取ったのである。

「面《おもて》をあげい」

命じられたまま兼七が顔をいくらかあげると、大身旗本は大笑した。たるんだ頬の肉が震え、咽喉がぜいぜいと音を立てた。

こんなやつに自分のつくった器を使わせたくない、と兼七は思った。それではあまりにも器がかわいそうだ。

「一刻者《いっこくもの》らしき面 魂《つらだましい》じゃ」

そういって弾けるように笑い、しばらくのあいだ体を揺すらせていたが、不意に真顔になった。

「兼七と申すか。渥美屋のためにつくりしものなれば売れぬとのことだが、そのほうの申すこともっともである。よって、これはそちに返す。しかし、それにしても心残りではあるな。これだけの品なら、同好の士に自慢して、おおいにくやしい思いをさせられるのだが」

顎《あご》をしゃくると、三太夫が腰を屈《かが》めて摺り足で進み、両手でうやうやしく器を受け取った。

兼七に売る気がないのを知り、家来の手前もあるので、左衛門尉はむり強《じ》いを避けたのであるらしい。

「兼七とやら、今度はみどものためにつくれ」返辞を待たずに、左衛門尉はさらに甲高い笑いを発した。「いやいやゆかいなやつだ、気に入ったぞ」

しかし、兼七は気に入らなかった。こんな男のためにだれがつくってやるものかという思いが、ますます強くなったのである。

兼七は金を受け取らなかった。一度出した金はひっこめるわけにはゆかぬので、これから取りかかる茶器の前金として納めるようにと三太夫は言ったが、兼七は押しもどした。

つくる気はまるでなかった。しかし相手は、三千石の大身旗本が註文したのだから、職人は喜んで引き受けるものだと思いこんでいるようだ。金を受け取らぬのは、兼七が律儀《りちぎ》だからだとでも思っているらしい。

勝手に思っているがいいさ、おれはつくらない。物をつくるってことは、そんなものではないのだ。

良兼老人のように、品物の値打ちがわかり、たいせつに慈《いつく》しんでくれる人のためなら、たとえわずかな手間賃《てまちん》にしかならなくても、自分から進んでつくりたい。

老人の立派さを知っているだけに、兼七は旗本春川左衛門尉の下劣《げれつ》さがどうにもがまんならなかった。だいたい武士などという連中は、大名だ旗本だと威張っているが、もとはといえば、先祖が戦場で人をたくさん殺しただけのことではないか。

結城屋は、良兼老人と春川左衛門尉が親しいような言い方をしたが、兼七には信じられなかった。

左衛門尉のような醜《みにく》い品性を老人が認めることなど、とても考えられない。いろいろな事情があって付きあってはいたかもしれないが、それは良兼の器がそれだけおおきかったからだろう。

緊張のせいで、屋敷を辞したときにはすっかり疲れていたが、心は軽かった。早くお玉に逢いたいと心が急いて、抑えようと思っても足が次々と繰り出してしまい、店が見える所まで来たときにはすっかり汗をかいていた。

すでに薄暮《はくぼ》だというのに、人の気配が感じられなかった。引き戸も閉められたままであったし、打ち水もしていなければ、浪の華も盛られてはいない。

軽くなった風呂敷包みを背負ったまま、兼七はゆっくりと近づいて行った。客として入ったときにも狭く感じたが、外から見るとさらに狭く感じられた。

お玉が流行らない店だと言っていたが、あるいは店を開けるのが遅くて、今時分に料理の材料を仕入れに出かけたのであろうか。

それとも女将が病気になったのかもしれない。などと思いながらようすを窺《うかが》って
いた兼七は、しかしお玉が病臥《びょうが》しているわけではあるまいが、などと思いながらようすを窺って

いた兼七は、店の横に路地とも呼べないわずかな隙間があるのに気づいた。しかもそ
の薄暗闇で人が動いている。気配を察したらしくて振り向き、兼七を認めると、ふっ
くらとした顔に笑みがやわらかくひろがった。女将であった。
「まあ、兼七さん。今日はお早いですね」
「仕事が片づきましたもんで」
「ちょっと待ってくださいよ。お客さまより猫を大事にするって、叱《しか》られるんですけ
れど」
言われて気づいたが、女将は猫に餌《えさ》を与えていたのである。左手に手鍋を持ち、右
手の箸で猫の皿に餌を移してゆくのを、兼七は黙って見ていた。
地面に目をやると、一匹一匹にそれぞれちがった器が置かれ、餌入れは全部で五つ
あった。
「まず猫に餌をやって、お客さまはそれから。だって、お腹を空かせたら、ミャーミ
ャー鳴いてうるさいですからね」
朝晩、五匹に与えるとなると餌代だけでもたいへんだろうと、他人事《ひとごと》ながら心配に

なった。

「ところで、お玉さんといったっけ」兼七はがまんできずに訊《たず》ねた。「元気にしてるかい、あの娘《こ》」

女将は怪訝《けげん》な顔で兼七を見たが、とぼけているようにはとても見えなかった。まさか忘れたわけではあるまいが、あるいは勘ちがいしているのだろうか。

「おれが来たのは」

「ついこのまえじゃありませんか。お椀を見せていただきましたよ」

「じゃ、忘れられたわけではないようだ」

「忘れるはずありませんよ、三十両がふいになったと、くやしがってらしたでしょ」

「あのとき、女将さんの姪ごで、十七、八のお玉さんという」

「玉などという姪は、いませんけど」

「おねがいだから思い出しておくれな、切れ長の目をした……」

そこまでいって、兼七はようやくのこと事情を汲んだ。

女将はお玉を金貸しの妾に世話して礼金をもらうことになっているので、知らぬ存ぜぬで押し通そうとしているのだろう。あの夜、二人が一夜をともにしたことを知り、どこかに隠してしまったにちがいない。

「お玉さんは金貸しの妾になんかなりたくないと言うし、おれだってやりたくない」

女将の顔に不安気な色が浮かんだが、かまわず兼七は続けた。「金ならなんとかするし、足らなければ一所懸命に働いてかならず払う。だから、お玉さんに逢わせてくんねえか。おねがいだ」

兼七が両手を膝に突いて深々とお辞儀をしたとき、猫の一匹が鳴いた。餌を喰いつくして催促《さいそく》したのである。女将が餌を皿に入れると、ほとんどの猫はがつがつと喰ったが、中に一匹だけ、音もたてずにひっそりと食べているのがいた。

兼七の目はその猫に引き付けられた。やわらかそうな毛並みをした白黒斑《まだら》の、おとなになりきっていないと思われる猫であった。視線を感じたのか、猫は首を捻って兼七を見あげると、瞬《まばた》きをしない切れ長な目で兼七を見、女将にちらりと視線を移し、ふたたびかれを見てから食事にもどった。

兼七は呆然となって猫を見ていた。そんな馬鹿なと思う一方で、まちがいないとも思った。信じられなかったが、一瞬にして理解していた。

見本の品はほとんど問屋などに置いてきたので、江戸に着いた日に較べると荷物は三が一にもならない量であった。まだ土産《みやげ》も買っていないので、漆器の塗り椀などを担《かつ》ぐことの多い兼七にすれば、荷物といえるほどではなかった。

兼七は結び目を解いて、風呂敷包みをおろした。

かれはしばらくためらった挙げ句、良兼老人のためにつくった茶椀を取り出した。

「これを真ん中の猫の、器にしてもらいたいのだが」

「だって兼七さん、売れば三十両の！　猫の餌入れにだなんて、もったいない」

「いいのだ」兼七は茶椀を女将の手に押しつけた。「その猫には、これで食べるだけの値打ちがあるのだから」

それに、今度逢ったときに器をやると約束したのである。

兼七はすばやく荷物を背負った。

「では、たのみましたぜ」

路地を曲がるときに振り返ると、女将は茶椀を手に、口を開けたまま逢魔時《おうまがとき》の薄闇の中に突っ立っていた。頭をさげると兼七は足早に歩き始めた。

どこからともなく、沈丁花の匂いが漂ってきた。月が昇《のぼ》りはじめたらしく東の空がほんのりと明るいが、そういえば今夜は満月であった。

あれは夢だったのだろうか。夢にしては、腕や腿《もも》に残ったお玉の柔肌の感触があまりにもなまなましい。だが黙々と餌を喰う猫を見たことで、憑物《つきもの》はきれいさっぱり落ちた。

おれはどうかしていたのだと、兼七は弱々しい笑いを浮かべたが、気持はすっきりとして、むしろすがすがしかった。

おれがつくらなければならないのは、人に見せて自慢したり、高い値で取り引きされる器ではない。毎日使ってもらえる品を精根こめてつくることこそ、職人としての自分の役目なのだ。

女将は、高価だからといって餌入れを取りあげたりはしないだろう。そしてほっそりとした白黒斑の猫は、あの椀で毎日、餌を食べるにちがいない。

あちこちに灯がともり、次第に明るさを増す町を、兼七は定宿の野州屋に向かってゆっくりと歩いて行った。

糸遊《かげろう》

一

煎《せん》じ薬と長患《ながわずら》いの病人が発する饐《す》えたような臭いが、部屋に淀《よど》んでいる。

伊奈七《いなしち》は呼ばれた理由がわからず、黙って病人の枕がみに坐《すわ》った。かれが入るのと入れ替わるように、詰めていた長屋の女房連中が姿を消した。

病人を挟んで、おのぶがうつむいたまま膝に両手を突いている。

「えッ」

思わず顔を近づけた。乾いて白くなった病人の唇が、震えるようにかすかに動いたのである。

「たのんだ、よ」

そう聞こえたので、思わず伊奈七は訊《き》いてしまった。

「なにをだい」

「決まってる、じゃ、ないか」病人はわずかに娘のおのぶに顔を向けた。「この、までは、心、残りで」

そこまで言われて初めて、伊奈七は自分が呼ばれた理由と、女房たちが席をはずした意味に思い当たった。

「伊奈、さん、なら、安心、して……」

薄い蒲団《ふとん》の反対側にいるおのぶを見ることができず、伊奈七は毳立《けばだ》った畳《たたみ》に目を落としていた。

「世間、知らず、で、たより、ない、から、心配で、死ぬに、死ね、ない、んだよ」

そんな弱気なことでどうするんだ、との一言が言えなかった。なにかを言おうとしても、すでに死期が迫ったのを覚《さと》った病人に、気休めは無意味だ。

短いお喋りでも、語り終えると息が荒くなり、しばらく呼吸を整えなければ続けられない。病人は一人娘のおのぶを、幼いころから知っている伊奈七に託《たく》したいのである。

「いや、なら、むり、は、言わ、ない」

「とんでもない」思わず大声を出してから、声をひそめた。「あっしはいいが」

病人が笑った。弱々しく、痛ましい笑いであった。

眼窩《がんか》はうつろに窪《くぼ》み、頰の肉が削《そ》げて、まるで幽鬼のようである。歯が何本か抜け落ちて、言葉が聞き取りにくかった。歯の抜けた口腔《こうこう》はまるで洞穴のように暗く、舌はコケが生えたように、白っぽい緑色をしていた。唇の色も褪《あ》せて薄い。

「これ、で、安心、して、死ね、る」

「だが、おのぶちゃんがどう思ってるか」

「なに、言ってる、の、あきれた、ねえ」

おのぶが袂《たもと》で顔を隠して、明るい日向《ひなた》に駆け出した。仕種《しぐさ》は子供のように幼いが、素足の脛《すね》は十七歳の娘らしく、白くてまぶしかった。おのぶの姿は一瞬にして消えた。

「わかってる、と、思ってた、ん、だけど、ねえ」

あの出来事があって以来、伊奈七はおのぶに嫌われたと思いこんでいたのである。組師の親方や問屋の旦那《だんな》、家主、岡引《おかっぴき》の伸六《しんろく》などから強引に、あるいはさりげなく、女房を持つように勧《すす》められたが、もしかしておのぶの気持が自分に向くことがあるかもしれないという、かすかな望みを捨てられずに、二十五歳になるまで独り身で通してきたのだ。

それはおのぶが十歳で、伊奈七が十八のときの出来事であった。

伊奈七は組師の親方に弟子入りして、組紐《ひも》職人の修業を積んでいたが、小僧になって住みこんだ五年目に、両親が相次《あいつ》いで病死した。妹のおはやと二人きりになったので、親方にたのんでしばらくのあいだは通いに変えてもらったのである。

ある朝、伊奈七が自分の住まいを出ると、洗濯物の桶《おけ》を抱えたおのぶが、井戸端でなにかをじっと見ていた。そのころのおのぶは、色が黒くて痩《や》せた、目だけがいきいきとした少女であった。

ふっくらとした色白の娘に変貌《へんぼう》したのは、この一、二年のことである。

「どしたい」

おのぶは振り返り、伊奈七だと知ってこぼれるような笑みを浮かべ、桶を地面に置いた。

一重《ひとえ》目蓋《まぶた》で、下膨《しもぶく》れした顔立ちのせいもあって器量よしとは言えないが、瞳が澄《す》み切っているのですがしかった。そして笑うと、たまらなく愛くるしい表情になる。

「きれいな虫」

言いながら、釣瓶《つるべ》の縄にとまった虫に触ろうとするので、

「触っちゃならねえ」

伊奈七の声に、おのぶはあわてて手を引いた。

「蜉蝣《かげろう》は」

「かげろう?」

「ああ、その虫の名だ。蜉蝣は薄い薄い翅《はね》をしているし、体はとてもやわらかい。おのぶちゃんのような手でも、触れば傷つけちまう。そうでなくったって、蜉蝣の命と言って、はかないものなんだ」

「伊奈にいさん、物知りなのね」

「聞きかじりだよ」

「原っぱがゆらゆら揺れているのも、かげろうだって教えてくれた」

伊奈七は憶《おぼ》えていなかったが、陽炎《かげろう》のことだろう。

「この虫は、ひらひら、ふらふらと、まるで当てもないように飛ぶ。春の陽炎は、この虫が飛んでるみたいに見えるから、そう言われているのだ。陽炎稲妻《いなずま》水の月、って言葉もあってな」

「……?」

「捕えることのできないものを言う。陽炎は虹とおなじでつかまえられないが、稲光りや水に映った月も、やはりつかまえられないだろ」

伊奈七は物知りだと言われて、つい調子に乗ってしまった。

蜉蝣は二、三年を水の中ですごし、羽化しても交尾、産卵を終えると数刻で死んでしまう、そんなことも教えた。

瞬《まばた》きもせずに聞いていたおのぶの瞳から、突然に涙があふれ出た。まさに突然とし か言いようがなかった。驚くほど大粒の涙が、堰《せき》を切ったように止めどもなく流れ出て、朝陽にきらきらと輝いた。

伊奈七の顔を見あげたまま、ひたすらに涙を流すおのぶの姿をみて、かれは心の臓を鷲掴《わしづか》みにされたような気がした。

あまりにも無防備で、生まれたままの赤ん坊のような無垢《むく》な魂《たましい》が眼前にあった。とてもそのままにしてはおけないと思わせるほどたよりなく、伊奈七は自分が護《まも》ってやると心に誓《ちか》ったのである。

ところがその日を境に、おのぶは急によそよそしくなった。伊奈七は物知り顔をしたために嫌われたのだと、寂《さび》しい思いにさせられたが、子供から娘に成る時期に差しかかっていたおのぶにとって、涙を見られたことがたまらなく恥ずかしかったのだということを、七年経《た》った今日、初めて理解した。

甘酸っぱい感情が急激に膨れあがり、胸の裡《うち》が温かな気持で充《み》たされた。

伊奈七が夫婦になると約束したせいでもないだろうが、おのぶの母親はあっけなくその夜のうちに息を引き取った。その時刻には女房連中だけでなく、仕事からもどった亭主たちも入れ替わりやってきた。棒手《ぼて》振りや物売りの小商人《こあきんど》、大工《だいく》や左官などの職人がほとんどである。

おのぶがまだ若いので、月番が中心となって長屋の住人が葬式の手配をし、面倒をみてくれた。伊奈七とおのぶが所帯を持つことはだれもが知っていたので、かれはおだてられたり冷やかされたりしたのである。

貧しい葬《とむら》いを出すと、おなじ長屋だし店賃《たなちん》がもったいないから早くいっしょになりなよと勧める者もいたが、四十九日もすませていないのに、いくらなんでもそんなことはできないと、きっぱりとおのぶはことわった。

伊奈七は目を細めてそんなおのぶを見ていた。思ったよりしっかりしていると、見なおしたのである。

おのぶは伊奈七のために朝晩の食事をつくり、掃除と洗濯をしたが、それがいかにもうれしくてならないというふうに、長屋の者たちの目には映ったらしい。「ままごとだね」と言いながらも、だれもが微笑《ほほえ》ましそうに見ていた。夜になるとおのぶは自分の住まいに帰り、しっかりと戸締まりをして一人で就寝《やす》んだ。

四十九日がすむと、長屋には空き部屋が一つでき、伊奈七は女房持ちになった。

二

伊奈七のたった一人の妹、おはやが離縁された。

連れ添って五年、子供が生まれなかったというのが理由である。ちいさいながらも堅実な商《あきな》いをしている履物《はきもの》商の萩《はぎ》屋に、ぜひにと請われて嫁《とつ》いだのに、子供が生まれないというだけの理由で離縁するなんて、そんな理不尽《りふじん》なことがあってたまるものかと伊奈七は憤《いきどお》ったが、ひとたびそうなったからには復縁は望めない。

いや、おはやが二度と帰りたくないと言うのである。二十二歳だから、まだまだやりなおしが利《き》く年齢ではあったが、理由が理由だけにまともな縁談は望めそうにないし、なによりも本人の心の傷が深いだろう。

「しばらく体を休めてから、働きに出ようと思うの」

おはやは笑ったが、伊奈七にはそれが強がりにしか思えなかった。

身内はいないのだから近所に住むように、なんならおのぶ母子が借りていた部屋が空いたままなのでと勧めても、おはやは曖昧《あいまい》な笑いを浮かべるだけである。所帯をかまえたばかりの二人を見るのが辛いのだろうと、伊奈七もそれ以上は強《し》いることをしなかった。

おはやは神田相生町《かんだあいおい》の伊奈七たちの長屋からはずいぶんと離れた、川向こうの深川《ふかがわ》に裏店《うらだな》を借りた。

長さ百二十八間（約二百三十メートル）といわれる永代橋《えいたいばし》を渡ると、寺社や大名の下屋敷に町屋が混在する地域になり、蛤《はまぐり》町が何箇所かに点在している。

おはやが借りたのは、一ノ鳥居を越えた南側、すこし先に黒船橋《くろふねばし》があり、さらに松平阿波守《まつだいらあわのかみ》の広壮な下屋敷が見える、門前仲町《もんぜんなかちょう》と隣りあわせた蛤町であった。

おはやはひっそりと閉じこもったままで、誘ってもかれらの長屋に来ようとはしない。

伊奈七かおのぶが月に一度か二度、食べ物などを届けがてら、それとなくようすを見るようにしていた。

ある日、お萩を持っていったおのぶは、自分の迂闊《うかつ》さを悔いることになった。萩餅だと知ったおはやの瞳に、一瞬だが暗い色が浮かんで消えた。婚家だった萩屋を思い出させたのだと気づいたが、あとの祭りである。

おはやはすぐに、なんでもないように笑ってみせたが、かえってそれが痛々しかった。

ひと月半ほどあれこれとつごうのつかないことがあって、久しぶりに訪れたおのぶは愕然《がくぜん》となった。

薄い蒲団に臥《ふ》したおはやは、別人のように痩せ衰えていた。かさかさとして潤《うるお》いがない肌と、熱っぽくうるんだ目をしていたが、おのぶが衝撃を受けたのは、亡くなるまえの母のように、饐えたような、それでいて妙に埃《ほこり》っぽい臭いを、病人が発していたからである。

おのぶはあわてて伊奈七に報《しら》せ、伊奈七は医者に走った。

「なぜ、もっと早く……」

天井を見上げていたおはやは、無言のままであったが、やがて眼を閉じた。

しばらくしておはやは呟《つぶや》いた。

「静かに消えてゆきたかった」

涙が目尻をじわじわと濡らしていた。

「はかないことを言うもんじゃねえ」

離縁の理由は、子供が生まれないからではなかったのである。夫婦仲がよくて義理の親とのあいだがうまくいっておれば、養子をもらうことで解決できる問題だ。

原因はおはやの病気であった。医者に見せると、薬代が驚くほどかかり、しかも完癒《かんゆ》は望めないかもしれないという。それがわかって、義理の親たちが吝嗇《りんしょく》の本性を剝《む》き出した。

一文無しから身を起こした舅《しゅうと》は、下駄の担ぎ売りをし、爪に火を灯《とも》すようにして小金を貯め、初老になってようやく、ちいさいながらも履物屋の店を持つことができたのであった。

息子には持参金の多い裕福な商家から嫁をもらいたかったのだが、内情を知っている商人たちは、可愛い娘をそんな店に嫁がせるわけにいかないと思ったのだろう、やんわりとことわった。

伊奈七たちは知らなかったが、それほど萩屋の吝嗇ぶりは、商売人のあいだでは知れ渡っていたのだ。

「薬、要《い》らないから」

医者が帰るなり、おはやは伊奈七にそう告《つ》げた。

「なにを言うのだ、おれはたった一人の兄じゃないか。面倒みるのは当たりまえだろう」

「それより、早く店を出さなくちゃね」そう言っただけでおはやの息は弾《はず》み、苦しそうであった。「兄さん、夢だったじゃない」

「つまらんことを言うな。体をなおすのが先だ」

おのぶも横から励ました。

「そうよ。病《やまい》は気からっていうけど、おはやさんは気が負けているのだわ」

「わたしの病気はなおらない。薬代を溝《どぶ》に捨てるようなものだもの」

「金のことなら気にしなくていい」

「これ以上、……迷惑をかけたくないの」

伊奈七は店を出すために用意していた貯《たくわ》えのうちの、すくなからぬ額を嫁入りのときに持たせたのである。おはやはそのことを言っているのだろう。

嫁いですぐに、おはやは自分がとんでもない思いちがいをしていたことを知った。葱《ねぎ》一本を買うにも、小銭を、それも夫や姑《しゅうとめ》ではなく、舅からもらわねばならなかったのである。

食事も、使用人とおなじ一段低い板の間で食べさせられた。嫁とは名ばかりで下女扱いだが、夫はそれを当然のことと考えているらしく、かばうことはおろか、やさしい言葉一つかけようとはしなかった。

おはやは耐えることにした。玉の輿《こし》に乗ったと素直に喜んでくれた兄や長屋の人の顔を思い浮かべると、とても逃げ帰る気にはなれなかったからだ。

望みを喪《うしな》った心の隙間《すきま》に、病魔がひそかに、しかしすばやく忍びこんだらしい。

離縁の理由が病気だと知った伊奈七は、顔色を変えて萩屋に吹鳴《どな》りこんで、見舞いにも来ない薄情さを詰《なじ》った。ところが相手は、病気のことなど知らぬ存ぜぬと白を切り、挙げ句の果てに、一両出したことをやけに恩着せがましく言い募《つの》るのである。

「一両！」

伊奈七は絶句した。手が震え、それが全身にひろがった。そんな伊奈七を、萩屋の親子はのっぺりとした顔をすこしも変化させることなく、感情の宿らぬ眼で見ていた。

「じゃあ、なにか。おめえらは、たったの一両で病人を追っ払ったのか」したたかな商人にあしらわれ、職人の伊奈七はケツをまくってしまった。「ふざけるねえ、こんな人でなしとはこっちから手を切ってやらあ。面倒はおれがみるぜ」

それが相手の思う壺《つぼ》だとはわかっていたが、妹思いのかれはどうにもがまんがならなかったのである。

伊奈七は高価な薬を購《あがな》い、おのぶがつきっきりで世話をしたが、おはやは半年ももたなかった。そのときには、貯えのほとんどが消え、店を出すという夢ははるかに遠《とお》退《の》いていた。

「はかないなあ、人の命って」

「ほんと」

「金もなくなっちまった」

「しかたないわ、身内として精一杯のことはしてあげたのだから。それに、二人とも若くて元気だもの。お金なんかすぐに取りもどせるわよ」

「そうだな」

「あたし働こうか」

「ばかを言うもんじゃねえ」

三

伊奈七が怪我をした。

それも組師にとっては命とも言える右手の人差し指を、である。おのぶを心配させてはならないと平静を装《よそお》っていたが、二度と仕事ができなくなるのではないかと、内心はひどい気鬱《きうつ》に沈んでいた。

組紐は数本から十数本の糸を一つの単位として一玉と呼び、最低でも四玉を用いて、交互に、斜めに交差させながら組みあげてゆく。断面の形から平紐、丸紐、角紐に大別され、糸束の数や文様からは、四つ組、唐組、鷹羽打《たかはうち》、綾竹《あやたけ》、鴨川《かもがわ》などの呼称がある。

伊奈七は無地の四つ組を得意としていた。これは四玉糸で組む紐で、三百種類を超える組紐のなかでは、もっとも玉数がすくなく、技術的にも単純だが、それだけにごまかしが利かなかった。どの糸が強くても弱くても、いい紐は組めない。すべての糸をおなじ力で、おなじ姿勢で締めてゆかなければならなかった。

全部の糸がおなじ色であり、糸を巻いてある組玉もおなじなので、力強く、しかも繊細《せんさい》で器用な指先がなければ、均質な無地の四つ組は仕上げられない。その命ともいえる指を傷つけたのである。

おのぶは微塵《みじん》も不安に思っていないばかりか、伊奈七といっしょにいられるうれしさを隠そうともせず、病弱な母を抱えて縫物や仕立てなおしをしてきた経験を活《い》かして内職に励んでいた。伊奈七には、そんなおのぶがまぶしくてならなかった。

ところが、おのぶがまたしても働くと言い出したのである。

「よせよ、内職でなんとか喰ってゆけるし、貯えだっておおくはねえが残っている。

おれだってなおればすぐに働くのだから、むりすることはねえのさ」

「お金は店を出すためのものだから、一文だって手をつけたくないの」

「手をつけちゃいない」

「一日も早く店を持ちたいのよ。あたしも稼げば、それだけ早く夢が叶うでしょ」

「おはやの病気で」

「そんなこと、言ってやしないって」

「指さえなおりゃ、これまで以上に働くから、おのぶが心配することはねえんだ」

「だって」

「だめなものはだめだ」

「ごめんよ」

入ってきたのは岡引の伸六であった。普段は八丁堀《はっちょうぼり》の同心朽木勘三郎《くちきかんざぶろう》の供をしてあちこちをまわっているが、一人で、あるいは手下《てか》をつれて来ることもある。歳は三十半《なか》ばだろうが、物静かで落ち着いているので年齢よりも貫禄《かんろく》があった。

伸六は伊奈七とおのぶに笑いかけた。

「どしたい、鴛鴦《おしどり》夫婦にしちゃ、めずらしいじゃねえか」

「いいえ、なにね」

伊奈七は口籠《くちご》もりながら頭を掻《か》き、おのぶはあいさつをすると茶の支度《したく》を始めた。

「いいと思うがな」

茶を喫《の》みながら黙って聞いていた伸六は、伊奈七とおのぶを交互に見ながら言った。

「親分さん！」

「伊奈は感心だとは思わねえか。亭主よりあとから起きて、炊事や洗濯、それに掃除なんぞは満足にやらねえくせに、井戸端で芋《いも》なんぞ喰いながら、人の噂ばかりしてる女房が多いってのによ」

「こんな世間知らずに、外で仕事なんざできゃしませんって」

「働いてみなきゃわからないじゃないの」

おのぶが頬を膨らますのを見て、伸六は体を揺すって笑いはじめた。

「なにがおかしいんですかい」

「うれしくなっちまったのよ」顔が真っ赤になっている。「亭主が髪をつかんで引きまわし、女房が脛に噛み付いて、挙げ句の果てに刃傷沙汰《にんじょうざた》だ。そんな喧嘩《けんか》ばかり見ているると、微笑ましいや」

いかつい顔の伸六が体を上下させて笑うので、二人もつられて笑い出してしまった。

「おれはやったほうがいいと思う」ひとしきり笑ってから、伸六は真顔になった。「金はいくらあっても荷物になりゃしねえし、世の中、なにが起きるかわからねえからな」

おはやの病気や自分の怪我もあって、伊奈七は言葉を返せなかった。

「子供ができりゃ、働きたくても働けやしねえ。それに、ちいさくてもいいから、表《おもて》店《だな》に自分の店を持ちたいと言っていたじゃねえか。思い立ったときすぐ始めねえと、いつまでもそのまんまだ。次々と金の要ることができて、店が持てなくなってしまうぜ」

「しかし、親分さん」

「そうか、伊奈は心配なんだな。女房を人目にさらすのが」

「こんな、子供みたいに色気のねえ女、だれが相手にするもんですかい」

「おのぶさんが、客のだれかを好きになるかもしれねえ」

「冗談じゃねえや」

「ほほう、たいした自信だなあ。だったら、心配するこたぁねえだろう」

伸六にからかい気味に言われると、伊奈七としてもそれ以上は反対できなかった。

「おれも、安心して働けそうな店を当たってみよう」

仲六の女房は煮売屋をやっていた。町奉行所からの手当ては月にわずか一分なので、とてもやってはゆけない。しかも五、六人の手下を抱えていて、その面倒も見なければならなかった。

岡引には、当然のような顔で小遣いをせびり、めしを喰ったり酒を飲んだりしても金を払わず、逆に金を包まないといやがらせをするような憎まれ者もけっこういる。

その点、仲六は几帳面《きちょうめん》に金を払い、謂《い》われのない金は受け取らないし、弱い者には特にやさしかった。そうしておかないかぎり、いざというときに力になってもらえないことを、知っていたからである。

仲六が探してきたのは白石屋《しらいし》という、めし屋と呼んだほうがいいくらいの料理屋であった。

仕事は通いのお運びさんである。早番なので、朝の四ツ（十時）に店に出て掃除や昼の用意をし、夜の準備をすませて七ツ（午後四時）にはもどる、客から註文《ちゅうもん》を取り、料理や酒を運んで、終わればさげるというだけの仕事だ。

なおも心配そうな伊奈七を、安心させようとしてだろう、仲六はこう言った。

「話がまとまれば客と女が二階に消えるなんてとこもあるが、白石屋はまっとうな店だ。亭主も板場も堅物だし、おたかって古株が眼を光らせているから、まちがいの起きようはずがねえ。おれからもたのんどくよ」

ひと月もすれば仕事にもどれると医者は言ったが、不安でたまらない伊奈七は、充分になおらない状態で強引に指を動かしはじめた。おのぶがたのしそうに働いているのが、気に入らないのである。

早く働けるようになって、おのぶの仕事をやめさせようとむりをし、ついには筋《すじ》を傷めてしまった。

一時は指が腫《は》れあがったために腕もあげられぬほどで、医者には動かさず、そのあとですこしずつ、時間をかけてもとどおりにするしかないと言われた。つごうふた月近くも、働けなくなってしまったのである。

伊奈七はすっかり欝《ふさ》いでしまい、それまでは付きあい程度であった酒を飲むようになった。

おのぶは文句一つ言わず、勤めを暮六ッ（六時）まで延ばした。もどるとすぐに夕飯の用意をし、内職に精を出し、それでいて朝は早く起きて炊事洗濯をする。

そんなおのぶを見て、尻を掻きながら、あるいは欠伸《あくび》まじりに、「伊奈さんは籤運《くじ》がいいねえ」などと、長屋の女房たちは感心するのであった。

四

帰るなり、襷《たすき》をかけて台所で夕飯の支度を始めたおのぶの背中に、伊奈七が声をかけた。

「やけにうれしそうじゃないか」

「気心の知れた朋輩《ほうばい》ができたの」

「ひと月も働いてりゃ、知りあいもできるだろうさ」

「おもんさんは新入りよ」

竈《へっつい》に火を焚《た》き付け、葱を刻み、支度が整うあいだに、おのぶがとぎれとぎれに語ったのは、こんな話だった。

早番の女子衆《おなごし》は三、四人で、遅番が六、七人。おのぶは早番だが、どちらとも決めていない者もいた。客の入りかたしだいで、昼夜通して働いたりもするのである。

夜のほうが混むし、ほとんどの客が酒を飲んだ。早番と遅番は、七ッ（午後四時）にきっちりと入れ替わるわけではなく、半刻（一時間）ばかりのあいだにすこしずつ交替する。

おもんは遅番で、年格好は二十二、三だという。

「上品ないい人よ」

「どういいんだ」

「いい人だわ、いい人はいい人なのよ」

「それじゃわからねえ」

「ともかく、気立てのやさしい、いい人だわ。深い事情があるらしくて、寂しげな横顔を見せることがあってね」

親しくなってからわかったのだが、どうやら裕福な商家の御新造さんだったらしい。

「どこで、なにを商ってる店だ。屋号は聞いたのか」

「知らない。知られたくないんだと思う。だって、そんな人が白石屋みたいな店で働くには、言いたくない事情もあるでしょ」

「事情ねえ」

「お妾《めかけ》さんに男の子が生まれたらしくってね。おもんさんに子供がないから、その子を養子にって」

「二十二、三なら、これから生まれるかもしれないだろ」

「五年になるんだって。あたし、おはやさんのこと思い出しちゃった」

妾は子供を訪ねて頻々《ひんぴん》と顔を見せるようになり、どう取り入ったものか姑に気に入られ、やがて店の使用人に対しても女主人然と振舞うようになった。

亭主がけじめをつければそんなことにならなかっただろうが、子供可愛さで注意しないものだから、妾はわがもの顔に振舞い、おもんは孤立してしまったという。

番頭や女中には同情する者もいたが、蔭《かげ》で気の毒がってくれるだけで、面と向かって妾を非難する者はいない。それをいいことに妾がますます増長するので、いたたまれなくなっておもんは身を退いたのであった。

「だから、店の名を言いたくないのだと思う。思い出すのが辛いのよ。それで寂しそうな顔になるんだわ」

勤めて二日目におもんが蒼《あお》い顔をして、だれか百文つごうしてくれないかと言った。どうしても入用なことができたのに、巾着《きんちゃく》をなくしてしまったらしい。働き始めたばかりなので、主人にたのむことなど恥ずかしくてとてもできない、と言う。

「それは、あたしらにしたっておなじことじゃないか」

古顔でしっかり者のおたかにそう言われ、おもんは顔を染めてうなだれてしまった。

「貸してやったんだな」

たまたま手持ちがあったので、だれもいない所で渡すと、おもんは驚き、それから両手をあわせておのぶを拝《おが》んだ。

「人が好《よ》すぎやしないか。そういうときは、ようすを見るもんだ」なにか言おうとするおのぶを制して、伊奈七は続けた。「どこの馬の骨だかわからないんだぜ。大店《おおだな》の御新造さんだったかしらねえが、本人がそう言ってるだけだろうが」

「でもそれはね、あとになってわかったことなのよ」

「…………」

「お金は次の日に返してくれたわ、それも百五十文」

「一日《いちんち》で五割の利子ってのは、おかしかねえかい」

「あたし、もらえないって言ったんだけど、親切が泣きたくなるほどうれしかったんだって」

おのぶは親しい朋輩ができたので素直に喜んでいるが、伊奈七はどことなく引っかかるものがあった。働きに出た二日目に金を借り、翌日に五割増しで返す、それだけのことかもしれないが、どうにもすっきりしないのである。

いつか連れてくると言うので、伊奈七はそれ以上はあれこれ言わなかった。自分の目で見ればわかることだし、おのぶを騙そうとしたり、よからぬことを考えているとわかれば、化けの皮をひん剝いてやると心の中で思っていた。

白石屋では十四日と晦日《みそか》に給銀が払われ、九日置きに休みがもらえたが、二人の休みが重なることはないので、おのぶが休みの日の八ッ（午後二時）におもんはやってきた。

おもんは美人というほどではないし、しかも平凡で特徴のない顔立ちをしていた。瓜実顔《うりざね》で眉《まゆ》はいくらか薄く、鼻も唇も小振りである。ただ、微笑むと人なつっこい表情になった。

もっとも年齢はおのぶが言ったよりもすこし上の二十代半ばに映ったが、女性の年齢に関しては、伊奈七にもあまり自信はない。

入口でお辞儀をしたおもんは、ゆったりとした、しかしむだがない動きで部屋にあがると、ぴたりと正座して両手を畳に突き、職人の伊奈七が耳にしたこともないような言葉と言いまわしで、訪問のあいさつをした。

「あ、いやいや、これはこれは、どうもどうも」

狼狽《うろた》えてしどろもどろになった伊奈七を見ておのぶが吹き出すと、おもんもつられたのか手の甲で口を隠して声を出さずに笑った。

たしかに育ちはいいらしいと、伊奈七も認めざるを得なかった。坐った姿勢、表情や仕種は、一朝一夕で身につくものではないからだ。

おもんは顎を引き、わずかに上目遣いになって話し、相手の言葉には目もとに笑いを漂わせ、静かにうなずきながら聞いた。長屋の女房連は当然として、問屋の内儀《おかみ》さんなどともちがう、伊奈七の知らない世界の女であった。

しかも物知りで、伊奈七が職人で話題がかぎられているとはいえ、どのような話にも応じることができた。

いつしか組紐に話題が及んだが、伊奈七が驚くほどの知識を持ちあわせていた。糸の色やその組みあわせかたなどについては、日頃からいいものを使っていないとわからないことが多い。色遣いについては、逆に伊奈七のほうから訊《たず》ねるほどであった。

「わたくしがこれまでに」

おもんの言葉の「わたし」がいつの間にか「わたくし」に変わっていたが、伊奈七もおのぶもごく自然に受け入れていた。

「いっとう心を奪われましたのはね、ありふれた手提袋《てさげぶくろ》の緒《お》なんですけれど、それをつくった職人さんの工夫《くふう》と技に、胸が締めつけられる思いがいたしましたの」

おもんが見たのは、ある大家《たいけ》の大奥さまの持ち物である。

袋自体は地味で落ち着いた色合であったが、ちらりと見えた緒の端に眼が吸い付けられた。鉄錆《てつさび》色に取り巻かれた中心が、金茶色だったからである。取りあわせが粋《いき》で、しかもあざやかに色が映《は》えていた。

「なんと洒落《しゃれ》た色遣いだろうと、感心させられましたわ。それよりも、あの細い絹糸で、外からは見えないように、金茶色を包むように組みこんだ職人さんの腕が、まるで神業《かみわざ》のように感じられました」

組紐の類は、羽織の紐や鏡台の飾り総《ふさ》、刀の下緒《さげお》などと用途が多いが、たびたびの倹約令によって華美な配色が制限されていた。粋という美意識は、それに対する心意気であった。

裕福な武家や町人は、競って、見えない部分に金を注ぎこんだのである。

聞いている伊奈七は、興奮で顔が猩々《しょうじょう》色に染まっていた。

遅番のおもんは、八ツ半（午後三時）すぎに帰っていった。

「いろいろとたのしいお話を聞かせていただいて、ありがとうございました。本当にたのしゅうございましたわ」

伊奈七とおのぶが木戸口まで見送ると、おもんは深々と頭をさげてそう言った。

去って行くうしろ姿にも、どことなく情が感じられた。

話しているときには気づかなかったが、着物の上からもわかるほど体は引き締まり、むだな肉というものがついていなかった。

身の捌《さば》きが軽く、おもんの姿はあっという間に人ごみにまぎれて、見えなくなってしまった。

「さっきの話、な」長屋にもどりながら、伊奈七がいくらかかすれた声で言った。

「ずいぶん手間暇かけたんだぜ。わかる人にはわかるんだなあ」

「え、なに」

「手提袋の緒だよ、大家の大奥さまの持ち物の。……胎内仏《はらごもり》ってんだ」

「はらごもり？」

「仏さまの像の、腹ん中に納《おさ》められたちっちゃな仏さまのことだ。見たことはねえけど、そういうのがあるらしい。外が鉄錆色で、中の金茶色は見ることができねえ。胎内仏も外からは見えないだろう」

「あ、そっか」

「海部《かいふ》屋の大旦那が名付けてくれたんだ」

「すごいじゃない」

「おれがつくったんだぜ、あの下緒は」

鼻を蠢《うごめ》かせる伊奈七を、おのぶはたのもしそうに見あげた。自分の朋輩を亭主が認めてくれたことも、うれしかったのだろう。

「それにしても、あれだけ物知りで品があるなら、なにも白石屋なんぞで酔っ払いの相手をしなくても」

「白石屋なんぞで、悪うございましたね」

「お、焼いてるのか」

「おもんさんはそのうちに、もっと割のいい仕事に就《つ》くわよ」

「身を退いたんなら、手切れ金というか、一時金みたいなもんだってもらっただろうし」

「見かけよりも強い人だと思うな。女が一人で生きていくには、ああいう強さがなければむりなのね。おはやさんだって」

「よせ」ピシャリと伊奈七が言った。「おはやは病気だったんだ。元気だったら、おまえに言われなくても」

「ごめん」

伊奈七の無念を思うと、おのぶはそれ以上なにも言えなかった。

五

「仕事、やめたほうがいいんじゃねえか」晩飯のあとで伊奈七が切り出した。「親方が、ここで仕事をやってもいいと言ってくれた。通わないですむ」

伊奈七は十年の奉公を勤めあげ、お礼奉公もすませたが、そのまま店に残った。金を貯めて店を出すにはそのほうがいいと思ったのだが、おのぶと所帯を持ち、おはやの病気や自分の怪我が続いて、事情が変わってきたのである。

将来のことを考えるなら、長屋を仕事場にするのもいいかもしれない。道具にしても組台や糸、糸を木枠に巻き取る座繰《ざく》り、そして木枠などがあればよかった。道具は貸し問屋にも話をつけてやると、親方も言ってくれたのである。

材料を仕入れるのと、できた組紐を親方の店に納める以外は、ずっと家で仕事ができるので、その分、仕事に打ちこめる時間が多くなる。

「あたし、やめたくないな。給銀、あげてくれることになったの。仕事に出てるほうが実入りがいいし、店を出すのが先だと思う。伊奈さんが店を持ったら、そのときは白石屋はやめるから」

結局、怪我が快復して伊奈七が長屋で仕事を始めても、おのぶはお運びさんの仕事をやめなかった。そのかわり、時間を最初のころのように七ッ(午後四時)までと、短くしてもらったのである。

おのぶは伊奈七より早く起きて朝飯の支度をし、掃除洗濯をすませてから出かけ、夕刻には測ったようにおなじ時刻にもどった。そして夕餉《ゆうげ》をつくり、夜は内職に精を出す。これでは伊奈七も、文句の言いようがなかった。

ある日、帰るなり、

「店が出せるかもしれないよ、おまえさん」

顔を輝かせて、おのぶが弾んだ声を出した。駆けもどったらしく、上気して肌が桜色に染まっている。

「おいおい、夢みたいなことを言うもんじゃないぜ」

「夢みたいな儲《もう》け話」

「富籤《とみくじ》を買おうってんじゃ、ねえだろうな」

「籤なんて、そんな当てにならないもんじゃないんだから」

「悪いもんでも喰ったんじゃねえか。顔が赤いぜ」

「お金、いくらあるの」

「藪《やぶ》から棒に、なにを言い出すんだ」

「おもんさんってすごいわ」

話を聞くと、おのぶはおもんにこれまで何度も、小遣い稼ぎをさせてもらっていたらしいのだ。

「すると、臍繰《へそく》ってたってわけか。女は恐《こえ》えや」

「そのうち話すつもりだったのよ。店を出すときの足しにしたかったから」

「出しねえ」

おのぶが巾着から出した金をみて、伊奈七は呻《うめ》いた。銭や小粒を取りまぜて、一両三分相当もあったからである。

「お運びさんの臍繰りにしちゃ大金だ。おのぶ、まさか、おまえ」

「やだよ、この人は。あたしが、人さまのものに手を出すような女だと思ってるの？」

「そうじゃねえや」

「ねえやって……、えーッ！」と、おのぶは素《す》っ頓狂《とんきょう》な声を出した。「あきれた。あたしは毎日、おなじ時刻に帰ってるじゃないの。疑るにも、ほどってものがあるよ」

「疑ってるわけじゃねえや」

「仲六親分だってたでしょ、そういう店じゃないって」

「わかってるよ。しかし、大金すぎら。給銀は家に入れてるしな」

話を持ちかけられたのは、おもんが伊奈七たちの長屋に遊びに来るまえのことであったそうだ。

「おのぶさん、このまえのお金、まだ持ってるのなら、わたしに預けてみない。なにね、ちょっといい思いをさせたげようと思って」

店ではおもんもお運びさんふうの言葉を使ったが、話しかたはどことなく優雅に感じられた。勧めて二日目に受けたおのぶのやさしさが忘れられないので、お礼をしたいのだとおもんは言った。

礼なら、五割の利子までつけてもらったのだから、おのぶのほうが感謝したいくらいである。おもんに百五十文を渡すと、それは次の日に三百文になってもどってきた。

「おのぶさんはいい人だから、稼がせてあげたの。ほかの人には絶対に内緒よ」

ところが、おいしい話は一度かぎりではなかったのである。何度かそんなことが重なるうちに、おのぶの所持金はしだいに増えていった。

毎回、持っているだけ渡すのだから、鼠算《ねずみざん》式に増えてゆく。初めは半信半疑だったが、そのうちに妙なもので、金が増えることがたのしくてならなくなってきた。金高《かねだか》が多くなるにつれて不安もおおきくなるし、ときには五日も六日も、ちょっと待ってねと言われて、じりじりさせられることもあった。だが、二、三割増から、多いときには倍になってもどるのである。

そうなると、いつしか不安より期待が強くなってゆく。

それとなく訊いてみると、おもんが離縁されたことを気の毒に思っている知りあいがいて、儲け話を洩《も》らしてくれるのだという。

「その人、おもんさんのこと好きなのよ」

おのぶの言葉を否定せずに、おもんは曖昧な笑いを浮かべるだけであった。

「でも、博奕《ばくち》打ちなんかじゃないでしょうね」

「ちゃんとした商人《あきんど》よ。幕閣《ばっかく》に伝手《つて》があるので、おいしい話が入るらしいわ」

幕閣とは偉いお役人のことだと、おもんは教えてくれた。

よほどたしかな手蔓《てづる》があるらしく、儲けにならなくて元金しかもどらなかったのはたった一回で、おのぶは一度たりとも損はしていない。

そして今日、おっとりとしたおもんにしてはめずらしく昂《たかぶ》ったようすで、打ち明けたのである。

すくなくとも三倍、うまく運べば四倍以上になる話が舞いこんだと言うのだ。おのぶが金を渡そうとすると、おもんはその手を押しもどした。

「伊奈七さんと相談してみて、たしかな話だから。それに、もしかしたらこんなおおきな話、もうないかもしれないわ。わたしも今度はね、目一杯、賭《か》けてみようと思うの」

「今度はって、じゃ、おもんさんもずっとやってたの？」

「あたりまえでしょ。おのぶさんには、お裾《すそ》わけしてたのよ」

「そうか、……そうよね。わたしがおもんさんだったら、やっぱりやるわね」

「手持ちを全部預けようと思うの。うまく運べば、小間物屋の店くらい買えるかもしれないでしょ。櫛《くし》とか白粉《おしろい》、紅や糸瓜水《へちますい》、扇子《せんす》、色紙、眉墨《まゆずみ》なんかを扱おうと思う。女の人が日頃使う身のまわりのものが、なんでもそろう店ってすくないから、きっと当たると思うの」

「やはりおもんさんは、あたしなんかとはちがうのね」

「おのぶさんには、伊奈七さんがいるんだもの。わたしは独《ひと》りだから、なにもかも自分で考えるしかないのよ」

「いくらあるのかなあ。おはやさんが患《わずら》って、薬代にずいぶんかかったから」

「だから、取りもどすのよ」ためらうおのぶの耳もとで、おもんは囁《ささや》いた。「ある程度まとまった手持ちがあれば、店だって夢ではないわ。酔っ払い相手の仕事なんて、うんざり。お尻撫でたりするんだもの。人に使われるのはほどほどにしたいものね。お互いに自分の店を持ちましょうよ、ちいさくていいから」

それで、おのぶは駆けもどったのであった。

「そりゃ、多少は残ってるがな」

「いくら？　ね、いくら？」

「…………」

「伊奈さん、おもんさんを疑ってるの。騙し盗ろうってんなら、わたしが出したお金を、押しもどしたりしないでしょ」

「そうかもしれねえが」

「ね、賭けてみようよ」

「博奕じゃねえんだぜ」

「そうよ、博奕じゃなくて、たしかでまちがいのない儲け話」

「おのぶの考えてるほど、手持ちはねえ」

「いくら？」

気落ちしたのか、おのぶの声はちいさかった。

「四両とすこしくれえだろう」

「あたしのとあわせると、六両を超えるじゃない。三倍として十八両。四倍なら二十四両。お店持つにはどれくらい要るの？」

「店にもよるだろうよ」

「儲かるのがわかってるのに、指をくわえて見てるなんて、悔しいじゃない」

話は堂々巡りで埒《らち》があかない。

たしかに咽喉《のど》から手が出るほど金は欲しかったし、おもんが人を騙すような女とは思えないが、場合によっては虎の子を失うことになるかもしれないのだ。

晩飯を食い、湯屋に行き、横になってからも結論が出なかった。

湯で温まり、店が持てるかもしれないという話に興奮したらしく、おのぶのほうから求めてきた。所帯を持って初めてである。

その積極さにたじたじとなっているうちに、伊奈七も全身の血がたぎるような気分になっておのぶを組み伏せた。体を弓なりに反《そ》らせて強《こわ》ばらせてから、不意に綿のように脱力してしまったおのぶは、胸をおおきく喘《あえ》がせていた。

「清水《きよみず》の舞台から飛び降りるか。……おもんさんも有金を賭けるってんだから、たしかなんだろう」

「と思う」

しばらくして、おのぶが呟いた。

「でも、ちょっとだけ恐いね」

それに答える伊奈七の声はなく、寝息が聞こえただけである。

六

伊奈七とおのぶは、当座の生活費や糸を仕入れる代金を手もとに置いただけで、持金のほとんどをおもんに預けた。

手放すまではそうでもなかったが、ひとたび渡してしまうと、伊奈七はたまらない不安に襲《おそ》われた。おのぶもおなじ気持のはずだろうが、その話題には触れようとしなかった。

一日二日は辛抱《しんぼう》できたが、三日目になるとさすがにがまんができない。

「どうなんだよ」

おのぶが店からもどるなり、伊奈七は押し殺した声で聞いた。

「ちょっと事情ができて延びてるけど、心配はいらないって」

「じゃ、いつなんだ」

「あと二日すれば、まちがいないって言ってたけど」そう答えたが、おのぶの声はほとんど自信を失って、目もそわそわとして落ち着きがない。「あたし、あの人の住まいも、嫁いでた店の名も知らないんだよね」

「聞き出せよ」

「これまでだって、四、五日遅れたことはあったし」

「預けた額がちがわあ」

「なんとか聞き出してみる」

「はっきりしないようならおれが行こう。すこしでも取りもどさなきゃな」

ところが、伊奈七はおもんの顔を思い出すことができなかった。無駄肉のない引き締まったうしろ姿はあざやかに瞼《まぶた》に焼き付いているし、低くて耳に心地よい声も思い出すことができるのに、顔つきがどうしても思い出せないのである。

次の日、もどって来たおのぶを見て伊奈七は安堵《あんど》した。まだいくらか硬くはあったが、ここ数日の強ばった顔つきとは別人のようであったからだ。

「今夜入ることになったって」

伊奈七は黙ってうなずいた。不安が払拭《ふっしょく》されたわけではないが、ずいぶんと気がらくになった。

それでも金が入ったのちの計画については、晩飯のときにもそのあとでも話題にならなかった。店のほうも何軒か下見していたが、金が入らないかぎり、なにも始まらないのである。

翌日、おのぶの顔はもとにもどっていた。一日延びたと言われたのだ。

「てことは、店に現われたんだな」

「騙したんなら、姿をくらますでしょ」

伸六がやって来たのは、次の日の八ツ半（午後三時）をすぎてからであった。一瞥《いちべつ》しただけで、伸六は伊奈七が心配事を抱えているのを見抜いた。

伊奈七としては、気心の知れた岡引に打ち明けるしかなかった。

あがり框《がまち》に腰をおろして黙って聞いていた伸六は、伊奈七が話し終えるなり、

「気の毒だが、そりゃ、もどらねえぜ」

と断言したのである。

「しかし、あればかりの」

「六両を超えてたんだろう、大金だぜ。十両盗みゃ首が飛ぶからな」

「それにしても、あれだけの手間暇をかけますかねえ」

「おまえさんたちだけじゃ、あるめえよ」

「……?」

「ま、おれの勘だがね。そうならねえことを、ねがおうじゃねえか」

言いながら仲六は外を見た。蒼白な顔をしたおのぶが、ふらつく足取りで帰って来たからだ。坐りこんでしまったおのぶは、伊奈七が渡した白湯《さゆ》を口に含むと、ようやくぼそぼそと喋りはじめた。

「店に出たら大騒ぎでしてね、親分さん」

前日、おのぶが帰ったあとで、一日延びたと言われた板場が、冗談じゃないと詰《なじ》ったらしい。伊奈七と仲六は顔を見あわせた。やはり害を被《こうむ》ったのは、おのぶと伊奈七だけではなかったのである。

「しばらくしたらおもんさんの姿が見えないので、蜂《はち》の巣をつついたみたいになったらしくて」

早番遅番のお運びさんや板場だけでなく、白石屋の主人までが、まんまとおもんに金を騙し盗られたのであった。

しかも全員が、おのぶとおなじ手口に遭っていた。「特別に教えてあげるのだから、絶対に他人《ひと》には洩らさないように」と、口止めされていたのである。

金額もおのぶよりすくないのは四人で、やもめの主人などは夫婦約束までして、残らず騙し盗られていた。

ただ一人、害を被らなかったのはおたかである。

「くやしいねえ、あたしが知っていたら、こんなまねはさせなかったのに」

おもんは声をかけてはならない相手を、ちゃんと見抜いていたのだ。しかも、おたかに気づかれることなく、慎重に事を運んだのであった。

「客には手を出してねえのだな」

仲六に言われて、おのぶはしばらく考えてからうなずいた。「客に迷惑をかけなかったのが、せめてもの救いだぜ」と、主人が言っていたのを思い出したのだ。

「最初から店の者だけをねらったのか。だいたい読めたぜ」言いながら仲六は、じっと考えこんでいたが、「騙《かた》りなら客のほうがらくだ。酒を飲みにくるのだから、すぐ親しくなれる。美人じゃなくても、人好きがする顔なんだろ。歳も若い」

「ええ、二十二、三」

「半ばにはなるぜ」

おのぶと伊奈七のやりとりに、仲六はおおきくうなずいた。

「十分に若《わけ》えや。女房はともかく妾になろうって気なら、男はいくらでもいらあ。金を持っているお人好しを探せばいいんだから、らくじゃねえか」

「親分、なにか心当たりでも」

「いやいや」

打ち消してから、仲六はおのぶに先をうながした。

男衆《おとこし》の一人がおもんの住まいである源助店《げんすけだな》に駆けつけると、もぬけの殻《から》であった。おもんを白石屋に世話した差配の話では、十日ほどまえに、早桶屋の伯父《おじ》の家に間借りすることになったからと言って、引き払ったという。「早桶屋なんて縁起が悪いから、あまり来てもらいたくないんですよ」と言われたので、まだ顔は出していないとのことだ。

差配の告《つ》げた住所に早桶屋はあったものの、おもんなどという姪《めい》はいないし、第一貸すような部屋などないと、遅い時間に叩き起こされた親父は機嫌が悪かった。

白石屋にも源助店にも、おもんはなに一つとして手がかりを残していないのである。すっかり打ちしおれたおのぶと伊奈七を見て、仲六が自分に言い聞かせるように、きっぱりと言った。

「当たってみよう。おのぶさんをあの店に世話したのだから、このままにしてはおけねえからな」

「親分さんには、なんの責めもありません。あっしらがまぬけだから、騙されたんでさ」

「当てがないってこともなくてな。そのおもん、まちがいなく本名じゃねえだろうが、手口からして、初めてではないはずだ。罪を犯すやつらには、それぞれ得手《えて》ってもんがある。河岸《かし》は変えても、人を騙すやりかたはそう変わるもんじゃあねえんでね。仲間に聞きゃあ、いろいろとわかることもあるだろうよ」

「親分さんのような仕事には、縄張りってもんがあるんでしょう」

「みんなはそう思っているみたいだが、けっこう助けあったり教えあったりしているのだ。仲間はあちこちにいるし、場合によっちゃ遠出もする。話さえ通しておけば、力になってくれるのさ。弱い犬ほどよく吠えるって言うが、腕に自信がねえやつほど、縄張りを守らなきゃならねえのとちがうかい。いけねえ、すっかり油を売っちまった」

仲六は膝を叩いて立ちあがると帰って行ったが、翌日の五ツ半（午前九時）に再びやって来た。おのぶが店に出るまえに、聞かせたかったのだろう。

「おのぶさんは二十二、三と見ていたし、伊奈が二十半ばと言っていたんであるいは
と思ったが、睨んだとおりお節《せつ》って女だ。三十になる」
年齢をべつにすれば、伊奈七とおのぶが得た印象は、ほぼまちがっていなかった。
お節は裕福な薬種問屋の三女として生まれ、同業に嫁いで離縁されていたのである。
ただし、その理由は妾に子供ができたからではなかった。番頭と組んで、取引先を
詐欺《だま》しにかけたのだ。

お節は娘時分に、ちょっとした悪戯《いたずら》で、従姉妹《いとこ》や使用人を騙したことがあった。ほ
んの悪戯心からだが、相手がいとも簡単に引っかかったのでおもしろくてたまらなか
ったらしい。

それで、病み付きになってしまったとのことだが、取引先を詐欺にかけたとなる
と、そのまま収まるはずがなかった。亭主や親は弁償するだけでなく、表沙汰になら
ぬようにとかなりの金を使って、なんとかもみ消したのである。

「病気だな、病気。始末におえねえとはこのことだ」
「でも犯人はわかったんだから」
おのぶがそう言うと、伸六は憂鬱《ゆううつ》そうな目になった。
「だから、どうなんだ。お節は消えちまったんだぜ。江戸にいるとはかぎらねえ。高

飛びされちゃ、手も足も出ねえからな。それに、仲間がいると見てまちげえねえだろう。逃げ道や隠れ家は、同類が手配しているはずだ。身を隠したんなら、探しようもあるが」

「一人でやったんじゃねえんですか」

「元手がかかっている。もっとも、餌《えさ》をばらまいたからこそだれもが喰いついた」

おのぶの場合は百五十文、いや最初に貸したのは百文だが、その百文が一両三分になっている。一両は四千文だから一両三分は七千文、七十倍になった計算だ。

二人は自分たちのことしか考えていなかったが、おたかを除く店の全員におなじ手口を使ったのだから、おもん、いやお節はかなりの額を使っているはずである。おのぶの場合には、投資した全額を取りもどした上に、伊奈七の分を含めて六両も巻きあげた。ほかの者たちにも、時間をかけてすこしずつ下細工し、頃合を見計らって大儲けできるからと持ちかけ、注ぎこんだ何倍もの金を引き出したのである。女一人では、どう考えても手に負《お》える話ではない。

「でも、なんだか信じられない」

おのぶがそう言うと伊奈七は、

「あきれかえって物も言えねえや。現に騙されたんだぜ。それを信じられなきゃ、なにを信じろというのだ」

「それはそうだけど」

「高飛びしてねえことを祈ろうや」

伸六がそう言ったので、伊奈七とおのぶは顔を見あわせた。金がもどらないかもしれないという危惧《きぐ》が、一気に強まったからである。

七

おのぶは白石屋をやめた。

といってすぐに組紐ができるわけではないし、染屋からもどった糸を、座繰りを使って木枠に巻き取る作業すらむりであった。糸が細いので、すぐにからまってしまうのだ。とりあえず、伊奈七が組紐に専念できるよう、準備や片付けをすることから始めたのである。

伊奈七は本格的に無地の四つ組に取り組むことになったが、親方を通じて名指しで註文《はなし》がくるようになっていた。

おのぶは、おもん、いやお節に騙されてしばらくは悄気《しょげ》返っていたが、切り替えが早いのか生まれつき安気《あんき》な性格なのか、間もなく明るさを取りもどした。色とりどりの糸に触れることによって、気が紛《まぎ》れたのかもしれなかった。

「なんでこんなにきれいなんだろう」

仕事場には、あらゆる色の絹糸がそろっていた。その手触りや色合に、おのぶはすっかり心を奪われたようである。あれこれと色のちがう糸を並べながら、ああでもないこうでもないと思案しているが、伊奈七の見たところ色の組みあわせかたには、独特の閃《ひらめ》きを持っているようであった。

「ねえ、これはなんて色」

「黄赤《きあか》だ。鳥の子色とも言う。卵から孵《かえ》ったばかりで、羽の生えていない雛《ひな》の肌色だ」

仕事をしながら、一瞥しただけで即答する伊奈七に、おのぶは次々と質問を浴びせるのであった。

「じゃ、これ」

「丁子茶《ちょうじちゃ》だな。沈丁花の木を煎《せん》じた汁で染めてある」

「あれは?」

「偽紫《にせむらさき》。蘇芳《すおう》染めだ」

「伊奈さん、物知りね」

そう言えば、ずいぶんまえにもこの台詞《せりふ》を聞いたことがあったな、と思わず伊奈七は手を休めた。そうだ、蜉蝣のときだった。

「なに、にやにやしてるの」

言われて伊奈七はわれに返った。

「物知りでもなんでもねえよ。色がわからなきゃ、仕事にならねえ」

おのぶが白石屋をやめて本当によかったと、伊奈七は思っていた。坐りこんで終日一人で紐を組んでおれば、どうしても騙し盗られた金のことばかり考えてしまうだろう。後悔し、自分を責め抜かずにいられないにちがいなかったが、そんな状態で良質の紐を組むのは困難だ。おのぶが無邪気で救われているのかもしれない、そんな気がするのである。

おのぶは絹糸の魅力にとりつかれ、この糸とそちらは相性がいいとか、この二つはあうと思ったけれど、両方が落ち着きすぎて味を殺してしまうとか、あれこれ試していた。

そのうちに雑帯《ざつおび》でも組ませてみるか、と伊奈七は思った。

雑帯は玉などを帯から吊す紐だが、種類のちがうさまざまな色糸を微妙に組みあわせて、可憐《かれん》といっていいほどの味を出すことができる。細い糸を篦《へら》で締めてゆくために ムラが出にくいので、四つ組ほどの熟練は必要でない。どちらかといえば、女向きの仕事である。

八丁堀の同心朽木勘三郎と岡引の伸六がやって来たのは、年が明けて二月も終わりになってからであった。桜《はな》も散り、晴れて、風がないと居眠りしそうになるような春の盛りのことだ。

半年も経っていたので、二人はすっかり諦めていた。伸六にしても、お節だけを探すわけにはいかないだろうと思っていただけに、正直言って驚かされたのであった。人に縄をかけようというのだ、万が一まちがいがあってはならないのでたしかめてもらいたい、と伸六は言った。喋りかたはおだやかだが、目が別人のように鋭い。

「で、どこに」

「千駄《せんだ》ヶ谷《や》村から代々木《よよぎ》村に抜けるあたりに、潜《ひそ》んでやがった」

寺社奉行が江戸内と定めた「朱引き」の境目だが、高飛びしたわけではない。商家の隠居所を借りて、隠居とその世話をする親類の女という触れこみで潜み、裕福な百姓や大店の隠居などを相手に、甘い話を持ちかけていたのだ。伸六の勘が、またしても的中したのである。

伊奈七もおのぶも朽木勘三郎とは顔なじみだが、馬面《うまづら》をしたこの同心は、よくその仕事が勤《つと》まると思うほど無口であった。今も三人のやりとりを興味なさそうに聞きながら、軒下で餌をつくのに夢中の雀《すずめ》たちと、物蔭からそれをねらう猫をぼんやりと眺めていた。

仲六が続けた。

「病気だから始末におえねえ。人が自分の言葉にコロリと騙されるのが、ゆかいでならねえのだ。それに、二人をまえにしてなんだが、人ってものは他愛のねえほど、簡単に騙されるのさ。自分だけは大丈夫だと思っている者ほど、もろくてね」

「耳が痛《いて》えや」伊奈七が頭を掻いた。「しかし、おなじ手口を繰り返すとはね」

「だから病気なんだ。何年ものあいだ、遊んで暮らせるだけの金を持っていながら、がまんできねえのだからな」

「あの人、ときどき、寂しそうな顔をしてた。仲間はいても、本当の友だちはいなかったのね」

「盗人《ぬすっと》だぜ、友だちなんかできるわけがねえだろう。おのぶは底抜けのお人好しだな」

「じゃ、ご足労ねがおうか」

黙って聞いていた勘三郎が、そう言って立ちあがった。

その辺りは起伏が多く、ほとんどが雑木の林と畑地で、大名の下屋敷や商家の隠居所が点在している。

風はなく、春にしては陽射しが強いので、汗ばむほどであった。

伸六が口を引き結び、鋭い眼光で前方を見据えた。視線の先には藁葺家《わらぶきや》があり、庭先では褐色《かっしょく》の鶏《にわとり》が地面を蹴りながら餌を拾っていた。隠居所とはいっても、百姓家となんら変わりはない。

何人かの手下に見張らせてあると伸六は言ったが、伊奈七とおのぶには、どこに隠れているのか見当もつかなかった。四人は藁葺家に近づき、下生えに身を隠した。

青菜の束を持った百姓女がやって来たのは、四半刻《かわ》（三十分）も経ってからであった。

「おもんさん……」

入口に女が顔を出し、百姓女と何事かを言い交し始めた。

おのぶが呟きながら、ふらりと立ちあがった。おもん、いやお節は青菜を投げ出すと、百姓女の鼻先でぴしゃりと戸を閉めた。

弾けたように伸六が、さらに勘三郎が飛び出し、伊奈七とおのぶもあとに続いた。鶏が啼《な》きながら逃げまどった。あっけに取られた百姓女を尻目に、かれらは屋内に飛びこんだ。

明るい屋外にいたので一瞬なにもわからなくなったが、逃げるお節の着物がめくれて、白い素足がちらりと見えた。四人が裏口から出ると、伸六の手下が二人駈《か》けて来た。

「男を押さえろ!」

同時に背後でおおきな音がしたのは、おもんの相棒が障子《しょうじ》を蹴破りでもして逃げ出したのだろう。手下の一人が脱兎《だっと》のごとく伊奈七たちの脇を駆け抜け、もう一人が家の横手にまわりこんだ。

道は細くて曲がりくねっているが、春先のこともあって木々の葉は出そろわず、隠れる場所はない。

おっとりとした立ち居振る舞いからは信じられぬほど、お節は敏捷《びんしょう》で足も速かった。岡引の伸六が追いつけないのである。

のんびりとしたそれまでの態度からは考えられなかったが、いつの間にか馬面の勘三郎が先頭を走っていた。伸六のあとを伊奈七が、伊奈七のあとをおのぶが追う。

坂を駆けおり、せせらぎに架《か》けられたちいさな土橋を渡り、そこから直角に折れて、ゆるい坂を登って行く。ぜいぜいと喘ぐ音が、自分の耳に聞こえるほどであった。

韋駄天《いだてん》のように駆けていた勘三郎が、坂を登り切った所で不意に立ち止まり、立ち止まったまま動こうとしない。伸六も、鋭い眼を前方に向けたまま佇立《ちょりつ》していた。伊奈七とおのぶが追いつき、追いつきはしたものの、動けなかった。おのぶは息苦しくてがまんできず、両膝に手を突いて呼吸を整えようとした。

かれらのまえには、浅い盆状の窪地《くぼち》がひろがっていた。

坂を登った道はゆるい下り坂となり、坂を下り切ると今度はわずかな傾斜となって登ってゆく。

そしてふたたび下り坂となっているらしいのだが、向こう側の一番の高みまでは三町（約三百三十メートル）ほどであった。

坂を登って逃げるお節との距離は、二町もなかったはずである。登り切ったお節が、いくら下り坂とはいえ、それだけの距離を逃げおおせるはずがない。ところが、人影は見えないのだ。

もちろん身を隠す場所などなかった。お盆の内側は野菜や麦の畑だが、まだ伸びてはいないので、身の隠しようがないのである。道は一本で、右にも左にも分かれ道はなかった。しかも、乾ききった道には埃ひとつ立っていない。

八

「消えちまったぜ」

伊奈七の言葉に、おのぶが力なく応えた。

「消えて、しまった」

「すまねえ。逃げ道に手下を伏せておいたのだが、裏をかかれた。逃げるなら林の中で、畑地のこっちには来るはずがねえと読んでいたんだが、日頃から、いざってときの逃げかたを考えていたんだろう。女だからと、高を括《くく》って油断しちまった。面目《めんぼく》ねえ」

「むこうのほうがうわてだったんですよ。朽木の旦那や伸六親分を振り切るくらいだから、おのぶやおれを騙すなんざ、赤子の手を捻るようなものだったでしょうね」

「……かげろう」

おのぶが呟いたので、伊奈七は思わずその顔を見た。焦点があわないようなおのぶの視線は、盆地の中ほどに向けられている。

景色がゆらゆらとゆらめいていた。

蚕《かいこ》が吐き出した、あるいは綿の実から取ったばかりのように細い糸が、さまざまな色をして、地面から大空に向けてたわむれながら昇ってゆくように見えた。枯《か》れ残った草や萌《も》え出した新緑が、そして乾ききって埃っぽい路面が、いや、なにもかもがゆらめいていた。

「あの人、ばらばらの、細い細い糸になって、消えてしまったんだわ」

勘三郎が何事かを言いかけたが、思いなおしたように口を閉じた。

「陽炎稲妻水の月」

おのぶが呟いた。伊奈七が思わず顔を見るとおのぶも見返したが、泣き笑いのような顔をしていた。

このどうしようもなくたよりない女、おれが支えてやらなきゃ生きてはゆけないと思っていたおのぶだが、支えられていたのはおれのほうだったのかもしれないな。ふと、そんな思いが伊奈七の心をよぎった。

ともかくおのぶのおかげで、気持の切り替えは思いのほか早くできた。それに住まいを仕事場にしての日々は、伊奈七にはなにかと都合がよかったのである。地道に働いて早く色についても、おのぶの考えや指摘には驚かされることが多い。

表通りに店を持ちたいと、心に張りも出てきた矢先であった。

「かえってさっぱりしたぜ。これで、裸一貫からやりなおすことができそうだ」

伊奈七がそう言うと、勘三郎は指先で顎を、それから首筋を掻いた。そのとき背後で足音がして、若い男が小走りにやって来た。

「男は捕えました」

「ごくろう」

仲六がねぎらうと、若い男は怪訝な顔になって、

「女はどうしました？」

「消えた」

「消えたんですか」

「ああ、消えちまった」

「……！」

若い男は周囲の地面に鋭い視線を注ぎながら、坂をゆっくりとおりて行った。

ややあって、仲六は自分に言い聞かせるように呟いた。

「人が手妻《てづま》のように消えるなんて、馬鹿な話があってたまるものか。かならずカラクリがあるはずだ。おれはこのまま尻尾《しっぽ》を巻いて引きさがるわけにいかねえ。きっと縄にかけてみせるからな」

仲六の目は凄味のある光を放っていた。

突然、上空で雲雀《ひばり》が囀《さえず》り始めた。五人は首をすくめ、しばらくしてから空を仰ぎ、羽撃《はばた》きながら一点に留《とど》まって囀り続ける雲雀の姿を認め、ほっと息を洩らした。

「巣作りの季節だ」仲六が呟いた。「縄張りを言い張ってるのよ」

まぶしそうに空を見あげていたおのぶが、

「まさか、雲雀になったんじゃ……」

勘三郎が仲六に眼まぜをすると、岡引は合点しましたというふうにちいさくうなずいた。無口な同心とうまくやってゆくには、眼の動き一つで気持を汲《く》み取れなくてはならないのだろう。

「安《やす》」仲六は若い男を呼んだ。「引きあげようぜ」

「しかし、親分」

「この辺で幕だ。向こうのほうが、一枚も二枚も役者が上だったってことよ」

安と呼ばれた手下は、未練がましくあちこちを見ながら、坂道を引き返してきた。

「もどって、自棄酒《やけ》でも呷《あお》ろうじゃねえか。飲まなきゃいられねえぜ」

顔とおなじくらい間延びした声で勘三郎が言ったが、言いながら両手で伊奈七とおのぶ、そして仲六と安に対して、鶏でも追い立てるような仕種をした。四人は勘三郎を残して引き返した。

百姓家にもどると、雁字搦《がんじがら》めに縛られた年格好四十くらいの男が土間にころがされていた。頬が腫れあがって紫色になり、額と唇には血が滲《にじ》んでいる。

手下が三人で見張っていたが、その一人が仲六に聞いた。

「親分、女はどうしました」

「旦那が捕えなさるだろう。ほかに仲間はいなかったのか」

「お百姓の話じゃ、いねえらしい」

すると男はおもん、いやお節といっしょに取引先を詐欺にかけたという、もと番頭だろうか。

男はころがされたまま、土間の荒壁を凝視《ぎょうし》していた。

勘三郎が高手小手《たかてこて》に縛りあげたお節を引っ立ててもどったのは、四半刻（三十分）ほどしてからであった。二人とも土埃にまみれていたが、髷《まげ》が崩れて裸足《はだし》のお節はみじめこの上もない。それでもお節は、ふてぶてしく薄笑いを浮かべていた。

お節の姿が見えなくなったとき、勘三郎は一瞬にしてその謎を解いていたのである。

「だったらどうして」

おのぶが聞くと勘三郎は苦笑いをしたが、なにも言おうとしなかった。かわりに伸六が言った。

「大の男が女を捕まえるところなんざ、見せられたもんじゃねえからな」

坂を登って逃げるお節が、登り切って今度は駆けおりる。ゆるい坂なので、追っている勘三郎が坂のてっぺんに辿《たど》り着かなくても、お節の姿は見え始めるはずだった。ところが見えなかったのは、お節が下りにかかってすぐに隠れたからである。

「隠れた？　そんなはずはねえ。隠れられるような所は、ありませんでしたぜ」

伊奈七の問いに、勘三郎としてはめずらしい長い説明で、こう言ったのである。

「そなえがなくて、人一人が簡単に消えられるものか。林の中に逃げこまなかったので、ピンときたのよ」

伊奈七とおのぶが追いつくまえに、勘三郎はお節が隠れた場所を突き止めていた。道から三間（約五・四メートル）ほど畑地に入った辺りの畦《あぜ》の草の色が、周りよりわずかに色褪《いろあ》せていたからである。

つごうのいいことに安がやってきた。お節は隠れ場所で、耳を研《と》ぎ澄《す》ませて気配をうかがっていることだろう。一人でも多いほうが、感づかれずにすむ。

四人を帰すと勘三郎は懐から捕縄《ほじょう》を出し、左右の手で構えて待った。

ずいぶん時間が経ってから畔道の草がかすかに震え、やがてわずかだが持ちあがった。お節が、安全かどうか耳でたしかめているのだ。

よほど慎重らしく、じりじりするほどときが流れてから、蓋が開けられた。蓋は、草を植えた土でおおわれた厚手の板である。

まるで寝棺《ねかん》のような穴に仰向《あおむ》けになっていたお節は、仁王立ちになった同心を見て愕然《がくぜん》となり、跳ね起きると穴から飛び出した。

同時に勘三郎が襲いかかった。お節はあらんかぎりの抵抗をしたものの、不意を討たれた者と待ち構えていた者の差は、おおきかったのである。

陽が西に傾いていた。伊奈七とおのぶは黙々と家路を急いだ。ひとたび口を切れば喋ることは山ほどあるのに、なにから話していいのかわからない。

金は多少はもどるかもしれないが、時間もかかるし、あまりあてにしないほうがいいだろう、と伸六は言った。騙られた者は相当数にのぼるだろうから、調べ終わるのはずっと先になるというのが、その理由である。

「とらまえるには力を貸してもらったので、いくらかでも多くもどるようにしてやりてえんだが」

と、仲六は言った。

結局、二人は無言のまま長屋にもどり、柄杓《ひしゃく》を奪いあうようにして水瓶の水を飲むと、仕事場にもなっている四畳半にぺたりと坐りこんでしまった。

「消えちまったほうがよかった。あんな姿、見たくもなかった」

「可哀相《かわいそう》に思っているのか」

「とんでもない！　あたしがどんな思いだったか、伊奈さんにはわかっちゃいないんだ。……あのときの悔しさが」

「………」

「あたしが働くと言ったとき、伊奈さん、怒ったね」

「おのぶはおれが養ってやると、決めていたからな」

「たまらないほど恐かった、お金が減ってゆくと思うと。伊奈さんにはわからないだろうけど」

「おれだって貧乏の味は嘗《な》めたぜ、いやというほどにな」

「薬代が払えない、店賃が払えない、いえ、食べるものすらないってことも？」

「そりゃ……。しかし質屋にはずいぶん通った」

「質種《しちぐさ》があったんでしょう」

「……！」

「あいつが儲けさせてくれたときも、恐くて恐くてならなかった。今度かぎりでやめようっていつも思っていたけれど、どうしても負けてしまって」

「騙されたあとの立ちなおりは、驚くほど早かったぞ。おれはあれで、どれだけ救われたかしれねえ」

「忘れられやしない、悔しくて。でも、忘れた振りでもしなきゃ体がもたないもの。身から出た錆とはいえ、目のまえが真っ暗になった。伊奈さんには申し訳ないし……。必死になって、なんでもない振りをしていたのよ」

「それにしても、金は魔物だなあ」

「おもんさん、あのまま……消えてほしかった」

言い終わると同時に、おのぶの目から大粒の涙がとめどもなくあふれ出た。この派手な涙は二度目だ、と伊奈七は思った。

かれは黙って待った。

ひとしきり涙を流し、咽喉をひくつかせながらしゃくりあげていたが、やがておのぶは静かになった。

景色がさまざまな色をした細い糸になったように、ゆらゆらとゆらめいていたのを、伊奈七は思い出した。あのとき、おのぶは言ったのである、「あの人、ばらばらの、細い細い糸になって、消えてしまったんだわ」と。

今となっては、そのほうがよかったかもしれないという気がした。

伊奈七が肩を引き寄せると、おのぶは腕のなかに崩れこんできた。強く抱きしめながら、これからはおれが命をかけて護ってやるよと、伊奈七は心の裡に誓った。

閻魔堂《えんまどう》の見える所で

一

　山々は重なりあって奥が深いが険しくはなく、稜線《りょうせん》もなだらかであった。山肌は雑木におおわれ、ところどころに椎《しい》や楠《くすのき》、山桃などの濃い緑の森があって変化に富んでいる。

　谷川沿《ぞ》いには杉の大樹が聳《そび》え、新緑の季節なので濃さや色合のちがった多彩な緑があふれていた。その上を風がゆるやかに渡って行くのだろう、やわらかな葉が震えて、山全体が息づいているように見えた。

　谷が平地に出る辺りでは土地が扇《おうぎ》状に広がり、遠くの集落まで野原や畑地を縫《ぬ》って細い道が続いていた。道は山の麓《ふもと》で谷川沿いと山裾《やますそ》を巡る道に分かれて、その分岐点に古びた閻魔堂《えんまどう》が建てられている。

　お堂のまえで若い男が二人、半刻（一時間）近くも話しこんでいた。

　話の内容はわからないが、うなずいたり首を振ったりを繰り返している。ときどき、谷沿いの道を見たり山裾をまわる道に目をやったりしているところからすると、どちらに行くかで意見が分かれ、しかも双方が譲らないでいるらしい。

やや年嵩《としかさ》の若者は、首から頭陀袋《ずだぶくろ》をさげ、汚れきって灰色っぽくなった墨染《すみぞ》めの衣に身を包んでいるので僧とわかるのだが、もう一人は何者なのか判断がつかなかった。お店者《たなもの》ふうではないし物売りともちがうが、百姓や樵《きこり》のようでもないし、遊び人とかやくざ者とも思えないのである。

結局、二人は手を振って右と左に分かれて歩き出した。

谷川沿いの道を選んだのは、年齢の若いほうの、いくぶん体格のいい若者であった。が、若さに特有の活気は感じられず、どこか疲れた印象すら与えた。

道は谷に沿って曲がりくねり、右手には木の間がくれに流れがあって、明るい青と深い藍《あい》が混じったような色をした淵が、見え隠れしていた。

さまざまな小鳥が囀《さえず》っているが、若者はまるで関心がないらしく、眉間《みけん》に縦皺《たてじわ》を刻み、すぐ目のまえの地面をひたすら見つめながら、黙々と、しかし力なく歩いて行く。

若者が三抱えもあろうかという杉の大樹の横を通りすぎようとしたとき、「若《わけ》えの、ちょっと待ちな」と、凄味のある野太い声が投げつけられた。

声の主は、六尺（約一・八メートル）にはわずかに足りぬ背丈だが、おそろしく広い肩幅と分厚い胸を持った牡牛《おうし》を思わせるような男で、眉《まゆ》は太いうえに右の眉には斜めに刀傷が走り、そこだけ肌が剝《む》き出しになっている。色が黒く、もじゃもじゃの不《ぶ》精髭《しょうひげ》をのばして、五分板なら簡単に射貫きそうなほど鋭い眼をしていた。

髷《まげ》は結《ゆ》わず頭の後ろで縛《しば》りあげているが、太目の紐《ひも》できりきりと絞るように巻きあげているので、茶筅髪《ちゃせん》のようになっていた。

方三寸（約九センチ）はあろうかという白と小豆色《あずき》の市松模様になった単衣物《ひとえ》を胸の剛毛が見えるようにはだけて着、だんだら模様の帯を三重にまわして締めている。鞣《なめ》した革で補強した野袴《のばかま》に、頑丈なだけが取得の武家草鞋《わらじ》を履き、腰には鮫鞘《さめざや》の長刀をぶちこんでいた。

まず、だれが見ても、まっとうに生きている男だとは思わないはずだ。

二

「なにかご用でしょうか」

「むだ口を叩くな。用があるから声をかけたくらいのことが、わからぬことあるめえに」

「一体、どのようなご用で」

「ご用ご用と繰り返すんじゃねえ。その言葉はでえきれえだ。おめえ、鈍《にぶ》いのか、とぼけているのか。震えているとこをみると、とぼけているとは思えぬが。……なにも聞いてねえようだな」

「なにも？」

「ああ、じれってえぜ。つまりこの道が、どういう道かってことだ。知らなきゃ教えてやろう。谷沿いだから、空気が湿って適度な風が吹いている。これが萩《はぎ》という花にいいのだな。秋の初めになると、萩の花が両側から道に被《かぶ》さるようになって、そりゃみごとなものだ。覚えておきな、萩街道ってんだ」

「風流ですね」

「風流か？　別名を知らぬからそんなのんきな声が出せるのだ。噂を聞いているはずだがな、すこしばかり風変わりな身なりをした小父《おじ》さんが、光りものを片手にあいさつするから、決して一人で山を越そうとするな、なんてことをよ。ここは名代の萩街道、通り名が追剝《おいはぎ》街道ってんだ。ハギにオイってのがつくだけで、意味ががらりと変わるところが、おもしれえじゃねえか」

「すると、あなたは？」

「ようやく気がついたか、鈍い野郎だ。大体がだ、いくら世間知らずでもこの恰好《かっこう》を一目見ればわかるだろうが。とゆうか、むだな話をしなくてもすむようにこういう世間離れした身装《なり》をしておるのだ」

「すると、あなたさまは、さ、さ、さ、さ」

「急にさまなんぞ付けるな、気色わるい。やっとわかったか抜け作め。そうよ、その山賊さまじゃねえか。追剝強奪を生業《なりわい》としてるのよ」

「お、お、お、お」

「区切らずに喋れ。聞いてるうちに、歳を取っちまわあ」

「お願いです」

「心配するな、金目のものさえ出しゃ、命までは取らねえよ」

「それは思いちがいです」

「思いちがいだあ？　妙な言い掛りをつけやがると、叩っ斬るぞ」

「あ、ありがたい！」

「なにょお？」

「あっしはね、金も持ってなきゃ、なんの望みもない哀れな青二才なんです。生きていたってしかたがない。こんな辛い思いをするくらいなら、いっそ死んだほうがましだ。お願いですから、ひと思いに殺してください」

「おまえ、いくつだ?」

「十九です。……えっ、なぜそんなことを聞くんですか」

「十九といやあ、まだ子供だ。満足に世間の荒波にもまれてもいねえくせに、生意気を言うもんじゃねえ」

「たしかにあっしは若いかもしれない。でも、長生きをしても、まるで辛い思いをしないですむ人もいます。あっしは若くても、世の無情を一身に浴びてきたんです」

「屁理屈は措《お》きゃぁがれ、胸糞《むなくそ》がわるくなるぜ」

追剝はゆっくりとした動作で腰のものを引き抜いたが、度胸のある男でも震えあがりそうな、刃渡り四尺（約一・二メートル）近い大刀であった。

「手伝ってやろうじゃねえか。ああ、この世は憂《う》き世だ。生きていても辛い思いをするだけだ。死んだほうがどれだけ楽かしれやしねえ。そうだ、そのとおりだ。おれさまはこう見えても、慈悲《じひ》深いんだ。仏の重藤《しげとう》と呼ばれてるくらいでな」

「すると、もとはお武家ですか」

「そんなことはどうでもいいだろう」

「あっしは佐太《さた》です。本名は佐太郎《さたろう》ですが、詰めて佐太と呼ばれています」

「妙な野郎だ、急に名乗りやがる」

「だって、あなたの名前をうかがって、自分が名乗らないのは失礼ですから。それで、あなたは仏の重藤と呼ばれているんですね」

「話の腰を折ったと思ったら、今度は継ぎやがった。妙ちくりんなやつだぜ。ま、そういうわけだから安心しな。楽にしてやるよ」

重藤は刀の刃を佐太の首に当て、肌にべたりと貼りつけた。

「死にたい死にたいとほざくやつにかぎって、いざとなりゃ泣き喚《わめ》くのよ。命ばかりはお助けをと、慈悲を乞《こ》う。しかし、もう手遅れだぜ。お望みどおり、素首《そっくび》をばさりと落としてやらぁ。首足処《しゅそくところ》を異《こと》にす、ってやつにな」

仏の重藤は大刀を振りあげ、しばらくそのままでいたが、やがて静かに刀身を鞘に納めた。

「本気らしいな」

「だから、そう言ってるじゃありませんか。怒りますよ、しまいにゃ」

「すまん。……で、なにか？　自分で死ぬことはできんが、この道をやって来りゃ、運がよければ追剝に遭《あ》って、逆らうとか一文無しだと、ばっさりやってもらえるからと」

「はいはいはい」

「並べるな。馬を追ってるんじゃねえ。はい、と一度でいいんだ。良くない癖《くせ》だぜ」

「はい！」

「そう明るく答えないでもらいてえ、気が滅入《めい》るじゃねえか。しかし、それを知りながら連れは引き止めもしなかったのか」

「連れ、と申しますと」

「閻魔堂のまえで、半刻も話しこんでいただろうが」

「え、見てたんですか？　まずいな」

重藤は谷のほうに五、六歩も歩くと、おおきな岩の上にあがり、佐太にも来るようにとうながした。

あがってみると、畳一枚ほどの平らな岩で、谷川の水音が急におおきくなった。

腰掛けるように言われて佐太が腰をおろすと、重藤は彼方《かなた》を指差した。

道が見え隠れしておりて行くさまが、杉の大樹のあいだから見え、幹と幹の隙間に閻魔堂の辺りが見えた。

「ここに坐《すわ》って、道を登って来るやつを見張るのだ。剣術遣いや仲間連れの侍なんざあ見送って、一人でやって来る商人《あきんど》とか、下男を供にした隠居、二人連れの女なんかを待つのよ」

「変だなあ」

「なにょお？」

「閻魔堂のまえからは、この岩は見えませんでしたよ」

「江戸の番小屋の屋根に登りゃ、火の見櫓《やぐら》から富士のお山が見えるだろう」

「ええ」

「しかし、富士のお山から火の見の櫓なんざあ見えやしねえ」

「あ、なるほど」

「……ところで、おめえの」

「佐太です。……どうしました」

「呼び捨てにしていいのか」

「わざわざことわることもないでしょう、重藤さん」

「……！　それにしても、佐太の連れは薄情じゃねえか」

「浪蔵《なみぞう》がですか」

「浪蔵？　やつは坊主《ぼうず》じゃねえのか」

「和尚《おしょう》の浪蔵って渾名《あだな》で」

「考えてもみねえ。おめ……佐太が一文無しで、しかもこの道をくりゃ」

「追剝が出ます」

「それがわかっていて、なぜ一人で寄越したんだ」

「だから浪蔵のやつは、やめるようにって、半刻ちかくも口説《くど》いたんじゃありませんか。見てたんでしょ」

「声は聞こえねえ」

「浪蔵はね、しまいにゃ泣きだしたんです、あっしがどうしても言うことを聞かないんで」

「しかし、佐太を一人にした。友達がいがねえと思うがな」

「浪蔵は追剥が好きじゃないんですよ」

「あまり好かれる稼業《しょうばい》じゃねえや」

「あいつは掻《か》き口説いたが、あっしはもう、こんな世の中で生きていたくはねえ」

「…………」

「親父は腕のいい大工《でえく》だったが、屋根から落ちて大怪我をしました。まもなく棟梁《とうりょう》になって家を一軒まかされるってまえだっただけに気落ちして、自棄《やけ》酒を呷《あお》るようになったんです。

薬礼《やくれい》も高いのでたちまち借金生活、おふくろが内職をしたが追いつかない。金を返せと責めに責められて、三人の子供を道連れに大川《おおかわ》に身を投げたが、なんの因果かあっしだけが助かりましてね。あのとき、死んでりゃどれだけ楽だったかしれねえ」

「身寄りはいないのか」

「叔父《おじ》の家に引き取られました。この叔父がひどいやつで、タダ飯喰わせる余裕はねえって、小僧に出されました。叔父はこう言いましたよ、『おめえが女なら女郎に売れるのによ』って。

年頃になって好きな娘ができたが、それに叔父が目を付けてね。妙なことをしようってんじゃねえんです、酒を飲む金がほしかったんだ。どう言い包《くる》めたのか、あっしを助けるためだからと、料理茶屋に住みこませたんですよ、前金を受け取ってね。叔父はそこに借金に行く。貸さねえでくれと頼んだってだめなんだ。店の親父は娘を縛っておけるので、黙って金を渡す。

やがて、ほかの店に売り飛ばすってわけでね。一度、泥沼にはまったら最後、簡単には抜け出せねえ仕組みになっている。ついには岡場所に売られてしまった。それを知って、あっしはあわてて掛けあったが、取りもどすだけの金があるわけねえ。しかも、実はそうさせたのがおれだと叔父が言ったために、娘は縊《くび》れて死んじまった。おれは叔父を捜し出して殴《なぐ》りつけた。殺してやりたかったが、さすがにそれはできなかった。

で、江戸を飛び出したが、人別帳から外されりゃ、どこに行ってもまともな仕事にゃつけねえ。親兄弟もなく、たった一人の叔父があんなだし、末は夫婦と思っていた娘には死なれ、借金はあっても金はねえ。たった一人の友とも、閻魔堂のまえで別れてしまった。あっしは世間ってもんから弾《はじ》き出されたんだ。この世に生きてゆける場所なんざ、一寸四方もねえんだ。虚《むな》しい。生きていてもじかたがねえ。だが度胸《どきょう》がねえから死ぬこともできねえ。

と、ま、こんなわけですよ、重藤さん。さあ、ひと思いに殺しておくんなさい」

「わかった。望みどおりに死なせてやろう」

「ありがたい」

「あわてるな、今すぐとは言ってねえよ。ところで佐太、あれが聞こえるか？」

「え、なんです」

「雲雀《ひばり》よ、閻魔堂の向こうで啼《な》いてるじゃねえか」

「雲雀ってのは、おおきいんですか」

「おめえ、雲雀を知らねえのか」

「雀《すずめ》と烏《からす》、それに鳩《はと》くらいの区別ならつきますが。おおきくないんですか。あんな遠くにいて、ここまで聞こえるんだから、よほどおおきいと思いましたが」

「雀くらいのおおきさだ」

「なんだ、がっかりだなあ。もっとおっきいとばかり思いました。そう言や、蟬《せみ》だってあんなにちいさいくせに大声でわめきちらしますからね。……あっ、聞こえなくなった」

「落ちたんだ」

「落ちたんですか？」

「本当に落ちたわけじゃねえ。石が落ちでもするように、一気に野原に舞いおりるのよ。巣があるのだろう」

「谷川のせせらぎが聞こえますよ。杉林を風が渡ってますね。あ、鳥が啼いた。あれはなんですか」

「……ピーヒョロロってのか。あれは鳶《とんび》だ。きょろきょろしたって、その辺りにいるわけじゃねえ。空を見ねえ」

「あ、いたいた、ゆっくりと舞ってます」

「風に乗って浮いているのよ」

「閻魔堂の向こうが、三色に染め分けられてますね。緑は麦ですか」

「そうだな」

「じゃ、黄色は？」

「菜の花だ」

「赤い、ちょっと紫がかったのは？」

「蓮華《れんげ》だ」

「きれいだなあ！」

「春の終わりだからな。野山が一番きれいなときよ、一年中で」

「考えてみると、こんなふうにのんびりしたことって、なかったな」

「佐太よ」

「はい？」

「おめえ、一文無しだな」

「改めて言わないでくださいよ、みじめになるから」

「身寄りもねえ」

「ええ」

「朋輩《ほうばい》とも別れた。女とも、辛いことになってしまった。で、いっそ死んでしまいたいと思った。ま、わからねえでもねえが、まだ若いんだ。十九、二十歳《はたち》といや、人生これからじゃねえか。切羽詰《せっぱ》まって、追い詰められたように感じて、世間に爪弾《つまはじ》きされたように思い、生きる望みも失った。そう言ったな」

「そのとおりで」

「いまこうして、風に吹かれたり鳥の囀りを聞いたりして、まんざらでもねえと、そんな気になっただろう」

「ええ、まあ」

「佐太は世の中に見捨てられたんじゃねえ。反対に、きまりとやらで雁字搦《がんじがら》めにして、親が金持ちだとか、身分の高い侍だとか、小才がきいて要領がいいとか、そんなやつらが苦労もせずに楽々と生きて、お人好しで貧乏なのは、一生働き詰めで辛い思いをしながら、裏長屋でみじめに生きていかねばならねえ、そんな世間を自分から捨てちまったんだ。と、そう思ってみねえ」

「捨てられたんじゃなくて、自分から捨てちまった?」

「そうよ。ものは考えようってえが、心をこっちから、ちょっとこっちに移すだけで、すっかりちがって見えるようになるもんでな。どうだ、気が楽になりゃしねえか」

「……!」

「聞くまでもねえや。顔色がすっかりよくなって、まるで別人だ。人間、思い詰めちゃいけねえ。思い詰めると、肝腎なところが見えなくなってしまう。

おれはな、佐太が言ったように侍だった。北国《ほっこく》のさる藩で、二百石を取っていたんだ。たいした禄《ろく》じゃねえと思うかもしれねえが、三万石ちょっとのちっぽけな田舎《いなか》の藩では上士《じょうし》、つまり上のほうでな。江戸家老のほかに国元にも三人の家老がいたが、そいつらでさえ六百石とか、筆頭家老でさえ千石だった」

「で、なぜ投げ出したんですか」

「そのことよ。話せば長くて一日かかっても話しきれねえが、ぱーっと端折《はしょ》って手短に言おう。

どこにも悪いやつはいるもんで、上役が金を使いこんだ。しかもおれの妻、これは藩一番の美人と評判を取った女だったが、これに言い寄ったんだ。優一郎《ゆういちろう》、ってのはこのおれだ。優一郎が金を使いこんだが、自分がなんとか始末をつけてやる。そのかわりにと騙《だま》して、手籠《てご》め同然に犯してしまった。妻は自害した」

「ひでえ！」

「その上、おれが金を使いこんだのを恥じて妻が自害したとの噂を撒《ま》き散らした」

「悪いやつじゃありませんか」

「許せねえ。がまんならねえ。死んだ妻が浮かばれねえ。おれはかっとなって叩き斬った。が、今にして思えば短慮《たんりょ》であったな」

「なるほど、短慮ねえ」

「わかるか？」

「さっぱり」

「考えが浅かった。悪事が露見《ろけん》したので、斬り殺したんだと思われてしまったのだ。証拠固めをするまえに成敗《せいばい》したから、だれも信じちゃあくれねえ。おれは自棄になって、妻がいなきゃあ未練はねえやと脱藩した。すぐに討手《うって》がかけられたが、返り討ちにして江戸に出た。が、悲しいかな侍だ。喰ってゆく法を知らねえ」

「剣法の道場を開くとか、寺子屋のお師匠《ししょう》さんでもやりゃよかったのに」

「敵討《かたきうち》に追われてる身だぞ。事情を知らねえから、殿は激怒して、……つまり怒り狂ってだな、上意討だと討手を向ける。上役の身内は必死で捜すし、江戸藩邸の連中だって力を貸さないわけにはいくめえ。四面楚歌《しめんそか》ってやつだ」

「なんですか、それ？」

「周りが敵ばかりってことだな」

「だったら、江戸をおん出てもおなじでしょうが」

「そういうことだ」

「喰っていけねえじゃないですか」

「幸い腕には覚えがある。ヤットウなら、人に遅れは取らん。道場破りをやって糊口《ここう》をしのいだ」

「また、わからねえことを言う。あっしは自慢じゃねえが学問がねえんだ。わかるように言ってくれたらどうです、重藤さん」

「いやいや、これは失礼いたした。要するに、飯の種にしたのだな」

「だって討手が」

「そのことだ。道場破りは金になるが」

「道場主を叩きのめしたら、金にならないんじゃないですかい。弔《とむら》い合戦《がっせん》だと命を狙われますぜ」

「そこが蛇《じゃ》の道は蛇《へび》だ」

「その程度ならわかりまさあ。つまりやり方があるってことだね」

「他流試合を申しこむと、そういうことは禁じているからとことわられる。そこで腕に自信がないのだろうと嘲笑《ちょうしょう》するのだ。……ん？」

「馬鹿にして笑うんでしょ」

「お、物知りだな」

「山勘《やまかん》でさ。で？」

「まず、下端《したつぱ》が出てくる。これは短時間で叩きのめす。短ければ短いほどよいのだ。あっと言う間だな。すると師範代あたりがしゃしゃり出る。これも一瞬にして、足腰が立たぬほどやっつける。弟子の手前もあって、道場主が相手にならんわけにはいかん。ここだ、腕のいい道場破りかどうかの分かれ目は」

「なんだなあ、もったいぶらねえで早く喋んなよ、じらすのは悪い癖だぜ」

「相手に打ちこませない。そのかわり自分も打ちこまない。呼吸を見る。息をさせない」

「苦しくなりますよ」

「そこだ。相手が息を吸うな。吸えば吐く。これが人というものだ。吐いた瞬間にさっと間あいを詰める。すると吸えない。吸おうとすると、じりっと詰める。吸えない。これを五度も繰り返すと、普通のやつならふらふらになる。相手はわしのほうが腕が上だとわかる。わかればいいのだ」

「なにがです？　なにがいいんです？　おいらにはさっぱりわからねえ」

「顔色が蒼《あお》くなる。おそらく脇を冷汗が流れていることだろう。相手が投げる直前に、参りましたと声を絞《しぼ》り出す。恐れ入りました。わたしなどの及ぶところではございません、と言う。

問題はこの呼吸だ。いやいや、腕は五分とお見受けした。いかがでござろう、当道場に滞在して弟子どもに稽古《けいこ》をつけてはもらえぬか。相手はほっとしてそう言うものだ。いいえ、自分の未熟さ加減がよくわかりました。修行しなおして参ります。さようか、と引き止めようとはせぬな。では別室にて、と酒が出される。

あまり飲まずに早目に辞退するのが要諦《ようたい》だ。これは些少《さしょう》ながら路銀の足しにでも、と紙に包んだものが出されるが、道場主の面目《めんぼく》をつぶさなかったどころか、師範代でさえ赤ん坊のように捻《ひね》られた相手に、参ったと頭をさげさせたのだ」

「さすがは先生だと」

「そうとも、株が一気にあがる。二十両や三十両包んだって安いものだろうが」

「いい商売じゃねえですか」

「それがそうでもないのだ。そのような行跡《ぎょうせき》は、すぐに討手に嗅《か》ぎ付けられる」

「で、結局はこの商売に鞍替《くらが》えしたってわけですかい」

「ま、そういうことだ」

「よくわかりやした。よくわかりやしたがねえ、ありふれた、どこにでもある話ですぜ」

「拙者《せっしゃ》の言うことを嘘偽《いつわ》りだと申すのか」

「ちょっと待ってくんな。それに、もとは侍かもしれねえが、今は山賊追剝《さんちゃん》だろ。侍言葉は似合いませんぜ。どうしました、本当のことを言われて腹が立ったかね」

「ははは、佐太の言うとおりだぜ。だがよ、おめえの話だってありふれてらあな」

「冗談じゃねえや。おらぁ、本当にだな」

「疑ってるわけじゃねえんだ。ただな、おれの話も佐太の話も、もしかするとどこにでもころがってる話かもしれん。……怒るんじゃねえ、かもしれんと言ってるだけだ。仮にそうだとすると、辛い目に遭ったのは、佐太だけではないってことじゃねえのか。まあ聞きな。おれがさっき言っただろう、佐太は世の中に見捨てられたんじゃねえ。反対に世間を自分から捨てちまったんだ、と」

「ああ、言った」

「鳥の囀りを聞いたり、風に吹かれて気持よかったり、花が咲いているのを見て、こんなふうにのんびりしたことってなかったなあって、そう言ったな」

「ああ」

「どうだ、のんびりと、好きなことだけやって気楽に生きてみねえか」

「どうやってです？　読み書き算盤《そろばん》はまるっきりだめ。酒と女と博奕《ばくち》は大好きって遊び人ですぜ」

「おれと手を組まんか」

「追剝かい？　そりゃだめだ」

「どうして？」

「あっしは、重藤さんのようにヤットウができるわけじゃねえし、人を殺《あや》めたことがないもの」

「喧嘩《けんか》は好きだろう」

「ま、嫌いじゃねえ」

「強いだろう」

「負けたことはねえな」

「佐太なら大丈夫。身のこなしを一目見りゃわかるのだ。太鼓判《たいこばん》を捺《お》してやるよ。な、やろうぜ。乞食《こじき》は三日やったらやめられねえと言うが、追剝は一日でやめられなくなる。汗水垂らして働くことねえんだぜ。いいカモに巡りあって、がっぽり金が入りゃ、ひと月もふた月も遊んで暮らせるんだ。しかもだれにも命令されねえ。自由気ままなんだ、鳥や風のようにな」

「鳥や、風の、ように」

「そうとも」

「勤まるかなあ、あっしに」

「おいおい仕事じゃねえんだぜ、勤まるかなあ、はねえだろう」

重藤はゆっくりと右手をあげた。肩が凝《こ》ったので腕をまわしたようでもあったし、なにかの合図のようでもあったが、佐太は気づかなかった。

「気はね、気持は傾《かたむ》いているんだが。でも、あっしにやれるだろうか」

「このおれが、太鼓判を捺すと言ったじゃねえか」

「重藤さんが師匠になって教えてくれるんなら、できるかもしんねえな」

「じゃ、こうしねえ。見習いのつもりでやってみる。自信がついてから本腰を入れりゃあいいし、悪いところがあればおれがなおしてやる。だめだと思や、それからやめたって遅くはねえ」

「そこまで言われりゃことわれないよ、男として。わかった、やってみるよ、重藤さん」

「よし、決まりだな。だが、その重藤さんってのはいけねえ」

「だって重藤さんは重藤さんで、重等さん以外に呼び方を知らねえもの」

「そうかもしれんが、こんな稼業なんだから、それらしい呼びかたがあるだろうが。仏の、とか、そうだな、せめて兄ぃ、くらい言ってみろ」

「兄ぃ」

「おう！　……いいじゃないか」

「兄ぃ」

「おう、なんでえ？　いける。これで決まりだな」

「で、どうすりゃいいんです」

「間もなくここを、お店者らしいのが一人で通りかかる」

「なんでわかるんですか」

「閻魔堂からの道を見張っていたのよ。さっき、あの白い岩を曲がった。すぐ現われるだろう。稽古がてらやってみな。硬くなるなよ、おれが佐太に言ったようにやればいいのだ」

「なんて言いましたっけ。若えの、ちょっと待ちな、ですよね」

「佐太だって、若えじゃねえか」

「おかしいですか？　若えの、あっしも若えや。やはり変《わけ》ですね」

「適当でいいんだ。そのくらい自分で考えろよ、寺子屋のガキじゃねえんだから」

「慣れてないから、出てきませんよ」

「旅の人、くらいでいいだろう」

「旅の人、ちょっと待ちな」

「そうだ。それから」

「心配するな、金目のものさえ出しゃ、命までは取らねえよ」

「お、姿ぁ見せたぜ。頑張れよ、新米。びくつくな、なにかありゃ助《す》けてやるから思いきってやんな」

三

春とはいえ弥生《やよい》も終わりに近いせいか、とっくに花の散った桜は緑におおわれ、伸びきったばかりのやわらかな若葉が、薫《かお》る風にそよいでいた。

もうそこまで初夏が来ているのが感じられるほど陽射しも強く、道に落ちた木漏《こも》れ陽が濃い影をつくっている。

新芽が出そろうのを待っていたかのように、樫や椎などの常緑の樹木が古い葉を落とし、それが路面に散り敷いて微妙な色の変化をつけていた。

脚絆《きゃはん》を巻いて草鞋を履いた足が、たしかな足取りでゆるい坂を登って行った。

四十代の後半であろう、商家の番頭ふうだが、肌は鞣した革のようで、商人にしては四方に配る眼が鋭いように感じられた。あるいは、この山中に出没するという不逞《ふてい》の輩《やから》を警戒してのことかもしれないが、すばやく投げる視線がかれの年輪を感じさせた。

男のたしかな歩みがゆるくなり、五歩ほど進んでぴたりと止まった。足の開きや、振り分け荷物から離して垂らした腕のぐあいから判断すると、お店者にしては度胸が坐っているようである。

男のまえ、五間（約九メートル）ほど先に突っ立ったのは、読者がすでにお気づきのとおり、余人ならぬ佐太郎、仲間うちで佐太と呼ばれている十九歳の若者であった。佐太は左手にやけに長い刀を握っていたが、これまた読者の推察どおり、仏の重藤に借りたものだ。

その四尺近い大刀を、佐太はゆっくりと引き抜いた。折からの微風で枝がそよいだものか、血抜きがくっきりと彫られた刀身が陽光を反射して、物凄くもギラリと光を放った。

旅人は魂消《たまげ》て逃げようとしたが、いつの間にか背後は重藤にふさがれていた。左手は崖、右手は絶壁で、下方は谷川である。絶体絶命であった。

旅人はへなへなと崩れて膝を突いた。

四

「おい、旅の人。金目のものを出してもらおうか。おとなしく従えば、命までは取りゃあしねえ」

「おっしゃるとおりにいたしますので、どうか命ばかりは」

「おめえぎっちょか？」

「いえ。……ぎっちょかどうかで、盗《と》られる金高《かねだか》がちがってまいりますので？」

「そうじゃねえよ。おう、両手をいっしょに懐《ふところ》に入れるんじゃねえ。右手は後ろにまわして、左手だけで金入れを引っ張り出しな。紐をほどいて逆さにするんだ。……なんでえ、三枚だけか？　そんなはずあるめえが」

「これで全部です。どうかご勘弁を」

「勘弁ならねえ。野郎、叩っ斬ってやる！」

「お助けを！　命ばかりはどうか。お慈悲でございます」

「ふざけるな。どこかに隠し持ってるはずだ。今のうちに出せばいいが、出さねえと頭と胴が泣き別れになるぜ」

「ですから、本当でございます。わたしだって命が惜《お》しい。これだけしかないんでございます」

「くそったれが！」

「ヒーッ」

佐太が大刀を振りおろそうとすると、間一髪で重藤が飛び付いて羽交《はが》い締めにした。

「早まっちゃあいけねえ」

「ええい、じゃましねえでくれ、兄ぃ」

「話がちがうじゃねえか。嘘ついちゃなんねえよ」

「嘘だとぅ。おれがいつ嘘をついたよ。変な言い掛りをつけやがったら、兄ぃといえどもただじゃすまねえぞ」

「おっそろしく短気なんだな。ここまでひどいとは思わなかったぜ」

「なにをぶつぶつ言ってやがんだ。おれがいつ嘘をついたってんだよ」

「頭冷やして思い出してくれよ」

「おれだって、嘘つきだと後ろ指を差されたくはねえや。嘘つきは泥……」

「よせ、野暮《やぼ》を言うもんじゃねえ」

「おれがいつ嘘をついたと言うんだ。証拠があるのか。おい！　逃げると叩っ斬ると言っただろうが」

「ヒーッ、お助けを」

「旅の人もいけねえ。こいつの気が短いのがわかっていながら、逃げ出す法はねえや。おれだって、そこまではかばってやれねえからな。しかし、佐太。その長いのを納めたらどうだ、こっちまで危なっかしくていけねえ」

「おい、逃げるなよ」

「腰が抜けて動けません」

旅人をジロリと睨《にら》み殺しておいて、並みの男なら持て余すほどの大刀を、佐太は鞘に納めた。仏の重藤が手を出すと、若者は渋々と手渡した。

「佐太、思い出せ。おめえはこう言ったんだ。『おとなしく従えば、命までは取りゃあしねえ』とな。だからこの人は金を出したんじゃねえか」

「だがよ、たった三両だぜ」

「三両以下なら叩っ斬ると言ったか？」

「そんなことをいちいちことわる追剝が、どこにいるってんだ」

「そうはいかねえ。こんな稼業はしていても、いや、だからこそ自分の喋ったことには責任を持たなくちゃなんねえんだ」

「そのことでございます」地面に這《は》いつくばったまま震えていた旅人が、必死の面持《おもも》ちで口を開いた。「わたくしは決して嘘をついているわけではありません。それにしても、わたくしは運のない男でございますな。あ、名前は小吉《こきち》と申しまして、江戸は室町の浮世《うきよ》小路近くで蠟燭《ろうそく》問屋を営んでおります垂水《たるみ》屋の番頭でございます」

「そのどこが不運なんだ」

「昨日のことでございました。河原の宿場に来る山中で追剝に遭いまして。そのときは集金した百五十両を持っておりましたが、残らず、莨銭《たばこせん》にいたるまで残らず、盗られたのでございます。たまたま河原の宿《しゅく》に定宿《じょうやど》がありましたので」

「なんて宿だ」

「相模《さがみ》屋でございます」

「亭主の名は」

「武助《ぶすけ》さん」

「提灯《ちょうちん》の紋は」

「たしかカタバミだったと」

「あそこの中庭には、紅梅と白梅が植わってるが、白梅は何本だ」

「いえ、相模屋は街道に沿って建ち、裏は堀川になってますので、中庭どころか庭らしい庭もございません」

「嘘はついてねえようだな」

「佐太、なんでこの人が偽らねばならねえのだ」

「突然聞かれたら、嘘をついてりゃ詰まってしまう。念のためにたしかめた」

「小吉つぁんと言ったな、勘弁してやってくれ、こいつは不幸な子供時代をすごしたんでな、少々疑り深えんだ。で、相模屋でどうなさった」

「江戸にもどりましたらすぐにお返しいたしますからと、むりに頼んでやっと三両だけ借りることができたのでございます。お渡しした金が、わたしの持っていたかぎりでして」

「みろ、事情《わけ》があったんだよ。かわいそうに涙ぐんでるじゃねえか」

「兄ぃ、何年この稼業をやってるんだ。新米のおれだって、旅人がはいはいと持金の全部を出さねえことぐらい知ってるぜ。胴巻に有金を入れてるはずがねえ。こういうときのために、莨《たばこ》入れの奥とか、荷物の底を二重にして、あちこちに分けて隠し持ってるものよ。へっ、そんなことも知らねえで、追剝だあ？　あきれて二の句がつげねえや」

「もちろん、いろいろな考え方がございますでしょう。わたくしもそれについては、とやかく申しませんが、その金《おあし》がなくては、江戸には帰れません。後生でございます、返していただけませんか。江戸にもどりましたらすぐに、二倍、いえ三倍にしてお返しいたします」

「佐太、返してやんな」

「早飛脚《はやびきゃく》で送ってくれるのかい」

「はい、そういたしますです」

「宛名はどうする？　追剝の佐太さまとでも書くつもりか？　おかしくって、腹の皮が捩《よじ》れるぜ」

「わたしは店の名も自分の名も申しました。嘘をついたら仕返しされるかもしれないでしょう。申した以上、必ず約束は守ります」

「筋が通ってらあ。佐太、この辺でいいだろう」

「こういうときに、実の名や店の名を告《つ》げるはずがねえ」

「ただな、嘘はいけねえ。人の道に外れるってもんだ」

「とっくに外れてるじゃねえか。それも大幅によ」

「わははは」と蠟燭問屋の番頭小吉が、まるで別人のように豪快な笑いを放った。

「たのしませてもらったぜ、たっぷりとな」

人の顔がわずかな時間でこれほど変わるのかと驚かされるほどの悪相になって、商家の番頭らしさなど微塵《みじん》も残ってはいない。

あっけにとられた佐太が仏の重藤を見ると、もじゃもじゃの髭面に嚙み殺したような笑いが拡がり、それをこらえようとしてか、あちこちがぴくぴくと引きつっていた。

「じゃ、親分。賭《か》けは賭けですから」

「親分？　こいつは商人の小吉じゃあ」

「蠟燭問屋の番頭小吉、実は追剝の親玉うわばみ鬼左衛門《きざえもん》。本名は喜ぶの喜左衛門だが、鬼の鬼左衛門で通っている」

「なんだよ、おいらを騙したのかい。ちとひどかねえか」

「悪い悪い。ま、勘弁してくれ」

「うわばみ鬼左衛門ってんですかい？」

「そうだ」と重藤がうなずいた。

「強そうな名ですね」

「強そうな?」

「ところで、うわばみってなんですか」

「知らねえで感心してたのか? うわばみたあ、おろちよ」

「おろち?」

「大蛇だ」

「ダイジャね」

「おおきな蛇だ。ひとたび睨まれたら、並みの剣術遣いでも動けなくなってしまう」

「よせやい、照れるじゃねえか」

小吉、いや、うわばみ鬼左衛門は照れくさそうに笑ったが、笑顔とはいっても震えあがるようなものすごい笑顔であった。

「もっともうわばみには、大酒飲みって意味もあるがな」

重藤の言葉に、鬼左衛門は得たりとばかり吠えた。

「わしの女房は酒だ!」

「親分は生まれついての追剝ですかえ」

「馬鹿なことを言うもんじゃない。生まれついての将軍、生まれながらの大名っててのはいるが、わしはそんなできそこないじゃねえや。この腕一本で、今日《こんにち》の地位を築《きず》いたんだ。それがわしの、なによりの自慢の種よ」

「いえね、あまりにも板に付いてるもんで。すると生まれは？」

「蒟蒻《こんにゃく》屋の倅《せがれ》だ。祖父《じい》さんに連れられて、寄席《よせ》に通ううちに病み付きになり、こんな馬鹿なことを喋って世の中ぁ渡れるのならと噺家《はなしか》になった。というか、蒟蒻屋を継ぎたくなかったのよ。あのぷるんぷるんとしたとらえどころのなさが、いやでたまらなくてな。

世の中に蒟蒻ほど気味の悪いものはねえ。肌が粟立つぜ。ところが、いざ噺家になってみると、いつもいつもおなじ噺を喋らなきゃならねえ。これで一生を終えるのかと思うと、いやになったのだ」

「名はなんてんです」

「新笑亭万八《しんしょうていまんぱち》」

「聞いたことありませんぜ」

「二ツ目になって間もなくだったからな、売り出し中で、これからってときにやめちまった」

「それじゃ。うわばみの親分、賭けはわたしの勝ちだから、遠慮なくいただきますぜ」

仏の重藤が笑いながら手を差し出すと、うわばみ鬼左衛門は懐からおおきな巾着《きんちゃく》を引き出して一両を渡した。

「なにを賭けたんだよ」

「そう仏頂面《ぶっちょうづら》になるな。佐太が閻魔堂のまえで話しこんでたろう。あのとき、あのへなちょこを、おっと怒るなよ。あの若いのを舌先三寸で仲間に引き入れられるか、とそれを賭けて、おれさまがみごとに勝ったってわけだな」

「ふざけんじゃねえや。たった一両の金を賭けて、おれを試しただと？　よくも笑い者にしてくれたな。おお、おれの気が短いことは先刻承知だろうが。まさか、このますむと思っちゃいめえ」

佐太は二間（約三・六メートル）も跳びすさると、もうそのときにはギラリと光る九寸五分《くすんごぶ》を逆手に持って身構えていた。重藤も鬼左衛門もさすがに緊張し、足場を固めようとしたが、

「と、啖呵《たんか》の一つも切りたいところだが、こっちにも弱味があらあ。閻魔堂のまえで話してた」

「浪蔵だな」

「あいつは、和尚の浪蔵と呼ばれてるならず者でね。和尚ったって、ちゃんとした坊主じゃねえ。お経も満足に読めねえ、当座の融通《ゆうずう》坊主でさあ」

「そこまでひどく言うこたぁねえだろう」

現われたのは、佐太より少し年上の若者であった。坊主頭といっても青々と剃《そ》っているわけではなくて、剛毛が一寸（約三センチ）ばかりも伸びたイガグリ頭である。墨染めの衣はよれよれで、浪蔵が着ているから衣だが、脱げば贔屓《ひいき》目に見ても襤褸《ぼろ》としか見えないだろう。

「まあ、見てやってくんねえ。このインチキ野郎が坊主ってんだから、笑いがとまらねえや。なにしろ口が達者で、石の地蔵だって言い包めちまうんでさ。もっとも、寺にもぐりこみはしたが、すぐに化けの皮が剝がれちまったがね」

「天網恢々疎《てんもうかいかいそ》にして漏らさず、という」

重藤の言葉に佐太はいやな顔をしたが、無視することに決めたらしく続けた。

「和尚の留守《るす》に女を連れこんでよ、酒となまぐさもんは禁制の寺に」

「葷酒山門《くんしゅさんもん》に入るを許さず、だ」

「野蒜《のびる》に味噌《みそ》つけてしゃぶりながら酒飲んで、本堂の御本尊のまえで真っ裸になって」

「あれは真夏で暑かったからじゃねえか」

「暑けりゃ団扇《うちわ》であおぎっこすりゃいいのに、真っ裸で抱き合って汗みずくよ。悪いことはできねえ。帰らねえはずの和尚がもどってきて、叩き出された。もっとも、女はそのまま寺に居付いて大黒に納まったがね。それが去年の夏で、それ以来、着たなりよ」

「坊主なら、戒名《かいみょう》があるだろう」

「親分」と重藤があわてて言った。「戒名じゃありやせん、僧名《そうみょう》ってんで」

「仏の、もと侍にしちゃ物を知らんな。戒名ってのは、仏門に入った証に、戒律を守るしるしとして与えられる名だ。そこから、死後に浄土で仏になるように、故人に戒名を授ける風習が生まれたのだよ。わが国では、死後の戒名だけが知られてるがな」

「……！」

「どうした？　鳩が豆鉄砲を喰らったような面《つら》ぁして」

「親分が、なぜそんなことをごぞんじなので？」

「噺家をはじめとして、あれやこれややってきたからな。自然と身についたのかもしれん。……それはともかく、坊主なら名があるだろう」

「春寛《しゅんかん》でさ。手下になると言ったら、住持がすぐにつけてくれた」

「それでシュンカンか」

　重藤が微苦笑したが、笑いはかれらの脇を素通りした。

「できそこないのこのインチキ坊主が、それもおれにむかってこうほざきやがった」と佐太が言った。「萩街道には追剝が出る。おまえなんざ臆病者《もん》だから、話すこともできねえだろうってね。で、言ってやった、話すどころか、仲間になってみせらあ」

「話して一両、仲間に潜りこめりゃ三両」浪蔵は小判を三枚出して佐太に渡した。

「おめえの勝ちだ」

「おれが考えなしの男で」と重藤があきれ顔で言った。「佐太が殺してくれと言ったとき、はいよ、とばかり叩き斬ったら、それまでじゃねえか」

「それならそれでいいと思ったさ。ほんとだぜ。それで斬られりゃ、おれの人生なんぞ紙っきれみてえに薄っぺらだったのだと、諦めもつく。賭けてみたのよ」

「本当か？」

　重藤が太刀を抜くよりも早く、佐太は三間（約五・四メートル）も跳びさがったと思うと、手には短刀を逆手に握っていた。

　ふふふ、と重藤が笑うと、佐太も同じようにそれに応えた。含み笑いが次第におおきくなり、ついには爆笑となった。

「どうだ、な、みんな」と言ったのは、うわばみ鬼左衛門である。「おもしれえじゃねえか。考えてることも、やってることも似通ってる。遊びにさえ生命を張るなんざあ痛快だ。気に入ったぜ。で、思うんだが、これも縁だという気がしてならねえ。ひとつ四人で合力《ごうりき》してやってみねえか」

「なにをです」

「追剝のほかにできることがあるのか」

「ありやせん」

「よし決まった」

鬼左衛門が音高く手を打ち鳴らすと、ナナカマドの木に群れていた小鳥が、一斉に飛び立った。

「わしには、この稼業に励《はげ》みながら長年あたためてきた考《かん》えがあってな。この目で見てきた追剝強盗搔っ払いたちは、およそ自分のことしか考えねえ野郎ばかりだった。やるからには、これをまっとうな稼業としたいのだよ。だから一味に入りてえというやつがいても入れねえし、この街道では仕事をさせねえ。萩街道はわしらの縄張りだ」うわばみ鬼左衛門は言葉を切り、三人を順に見回した。そして、いくぶんしんみりした口調になって、「わしは萩街道が好きなのだ。いとしいのよ。地味だが、慎《つつ》ましやかできれいな花が、萩のほかにあるか。ねえよ。桜は別格だが、萩ほどひそかに好かれている花を知らねえ。萩にはな、十いくつの別名があるのだ」

「べつみょう、ってのはなんです」

佐太の問いに重藤が答えた。

「ちがった呼び名だな」

「源氏名のような?」

「いや、そうではない。河豚《ふぐ》を鉄砲と呼ぶだろう」

「中《あた》たれば死ぬからで」

「おう、よく知ってるな」

「萩にはそんなにちがった呼びかたがあるんですかえ」

「そのことだがな」鬼左衛門が重々しく言った。「こういう稼業はしておっても、風流は解さんといかんぞ。萩に十を超える呼び名があるということはだ、昔からずっと好まれていたからにほかならねえ。まず、萩は鹿の妻と呼ばれておる。鹿鳴草《しかなきぐさ》とも鹿《かの》妻草《つまくさ》ともいう。萩には鹿が付きものなのだ」

「あとは猪に蝶ですか」

「まぜっ返すんじゃねえ。玉見草《たまみぐさ》とか玉水草《たまみずぐさ》ってのは、萩は葉っぱも花もちいせえから、露が玉になって連なっているように見えるせいだな。庭見草これはわかるな？　それから初見草《はつみそう》。秋になったと思うと最初に目に入《へえ》るのが萩だ。ほかにもいろいろあるが、これらは古くから和歌に詠まれたものだ。だろ、重藤」

「そうです」急に振られて狼狽したようだが、落ち着きを取りもどすと重藤は続けた。

「古枝草《ふるえぐさ》、男草、おれには女草のほうがぴったり来るがね。紅染草《こそめぐさ》、野守草《のもり》っての も、風情があるじゃないか。胡枝子《こしし》、胡枝花《こしか》、芽子花《がしか》、天竺花《てんじくか》、天竺から渡来したってわけでもないだろうが、天竺はお釈迦さんの国だからな。そういう意味だろう。芳宜草《ほうぎ》、風草《かぜぐさ》。ほかにも月見草《つきみぐさ》とか秋遅草《あきち》、濃染草《こいぞめ》というのもあったな。あとは」

「で、その別名とやらがいっぱいあるから、一体どうしたというんで？」

佐太がそう言うと、重藤はあきれたというふうに首を振った。

「やれやれ、風流を解さぬ凡俗は度し難《がた》し、だ」

「わしは萩の花が好きなんだ、文句があるか？」

うわばみ鬼左衛門に睨まれて、佐太は首を竦《すく》めた。

「わしらは萩街道を縄張りにする」鬼左衛門は宣言した。「仲間はこの四人だけだ。増やさねえ。数を恃《たの》みにすると、ロクでもないやつが加わって、綱紀《こうき》がゆるみ、堕落《だらく》するに決まってるからな。で、わしはこの仕事を世間に誇れる生業としてやってゆきたいのだ。そのためには次のことを守ってもらいてえのだが、どうだ、守れるか」

「はい、と言いてえが」と浪蔵が、ほかの二人の顔を見ながら言った。「まずは聞きやしょう。返辞はそれからだ」

「第一に人を殺めず傷つけねえこと。つらつら考えてみるに、わしぁ血を見るのがガキの時分からいやだったのだ。人を殺して平気な顔をしているやつを見ると、反吐《へど》が出たもんだ。血は見ないようにしてえ」

「刃向かってきたらどうするね」と佐太。

「そのときは別だ。追剥といえども、おのれの身は護《まも》らなくてはならねえ。では言いなおす。相手が刃向かわぬかぎり、人を殺めたり傷つけたりしてはならぬ」

「いいねえ。拙僧《せっそう》は気に入った。人を救うのが出家の務め。できることなら殺めたくねえ」

「第二に、有金全部を奪うような無体《むたい》なことはしねえ」

「どういうことだ」と、またしても佐太。

「次の宿場までの路銀くらいは、残してやろうじゃねえか」

「いいねえ」

浪蔵がそう言うと、佐太が不服そうに頰を膨らませた。

「おまえは、いいねえ、ばかりだな」

「だっていいもの。すっかり取りあげたら、自棄になって、その、なんてったっけ」

そう言って浪蔵は重藤を見た。

「窮鼠猫《きゅうそ》を嚙む、だ」

「それそれ」

「ま、長続きさせるには、そのほうがいいかもしれん」

仏の重藤は鷹揚《おうよう》である。佐太がそれを遮《さえぎ》るように、

「ちょっと待ってくれよ。なあ、仏の」

「なんでえ」

「兄ぃは物覚えは良いほうかい？」

「良かあねえが悪くもねえ。人並みってとこか」

「じゃあ、一刻、いや半刻めえのことを忘れるはずはねえよな」

「なに言い掛りをつけようと申すのだ、佐太とやら。事と次第によっては、無礼は許さぬぞ」

「急に侍言葉になるこたあねえじゃないか。仏の兄ぃは本当に侍かい」

「な、なにを申すのだ」

「コロコロ変わるからなあ。仏の重藤はやめて、猫の目重藤とでもすりゃいいのによ」

「痛《いて》えところを突きやがる」

「兄ぃはおれを仲間に入れようとして、こういったはずだ。鳥のように、風のように、自由気ままに生きたくねえのかって」

「ああ、言った」

「なにが自由気ままだよ、決まりだと？　これじゃ世間と変わりがねえだろう」

「佐太」うわばみ鬼左衛門は怒らずに、父親のように寛大に続けた。「まあ、話だけでも聞きな」

「こんなことを、なんでまじめな顔で決めなきゃならねえのか、おれにはどうにもわからねえ」

「いやいやこういう事柄はな、おおまじめに話しあわねばならぬことなのだよ。それにわしは気性として、うやむやなままで動く気にはなれねえ。十全に納得した上でなければ、体の動きがぎこちなくなってしまうのだ。下手な操《あやつ》り人形みたいなもんだな」

「ともかく聞くだけは、聞いてみようじゃねえか」

浪蔵がそう言ったので鬼左衛門は続けたが、先刻のような意気ごみはもはや感じられなかった。

「三つ目は、これはちと難しいかもしれんな。が、やはり守ってもらいてえ。女を犯してはならねえ」

「拙僧は一向にかまわん。女犯戒《にょぼんかい》とゆうて、女と体のまじわりを持ってはならんと、戒律によって厳しく定められておる」

「笑わせるなよ。一番あぶねえのが浪蔵だぜ。で、どんな場合でもかね」

「というと？」

「若くて、ぴちぴちしていて、きりょうよしで、むしゃぶりつきたくなるような体つきをしててもかい」

「だからこそ守ってもらいてえのだ。若ければこそ、将来《さき》があるからこそ、無理無体をしかけちゃならねえ。若い娘の幸せを奪う権利は、だれにも与えられちゃいねえはずだ」

「しかたないだろう。稼業を長続きさせるためには」

不服そうな佐太と、取り澄ました浪蔵の顔を見て、重藤が苦笑しながら言うと、鬼左衛門がよく通る声で言った。

「ではよいか、この三つは必ず守れよ。一つ、相手が刃向かわぬかぎり、人を殺めたり傷つけたりしてはならぬ。一つ、有金残らず奪わずに多少の路銀は残してやる。一つ、女を犯してはならぬ。わかったか」

「へえ、わかりやした」

「守りましょ」

「まっとうな稼業のために」

「女を犯してはならねえと言ったが、本心はな、あれほど男を狂わせるものはないからだ。だから深入りしねえほうがいい。かわいいてめえたちを危うい目には遭わせたくねえ。女ってえものは、こりゃ魔物だ。気をつけなきゃならねえぜ」

鬼左衛門の調子が急に変わったので、三人は首領の顔を改めて見なおした。

「わしがなぜ、大酒飲みになってうわばみという異名を持つようになったか。仏の」

「へい」

「おめえにも話したことがなかったが、いっしょにやってゆけそうな仲間がそろったんだ、話してやろう」

「ありがてえ。これまで訊《き》きませんでしたがね、知りたくてたまんなかったんでさ」

「噺家の二ッ目になったばかりのころだ。芸が伸びるときというのがあって、一晩眠って起きたらうまくなっている、というくらい伸びるものなのだ。こうなると、おもしろくてたまらねえ。夢中になってな。

所帯を持ったばかりの女房をほったらかしにしておいたら、寂《さび》しかったのか、男とくっついちまった。あなただけが頼りです、どうか捨てないでね、なんて甘い声を出していた女房がだ、舌の根も乾かないうちに、男を引っ張りこんで、犬っころみてえな声を出してやがんのよ。それもわしの兄弟子とな。芸は下手だが、女を誑《たぶら》かすのは得意なやつだった」

「兄弟子ねえ。そりゃこたえまさ。で、かっとなって手にかけたんですかえ」

「飛び出した。その後、何人もの女とできたがな、もういけねえ。女の気持がおれに傾いてきたのがわかると気が重くなって、逃げ出す始末だ。その繰り返しよ。

ぎりぎりのところで女が信じられねえ。これは味気ないぜ、世の中には男と女しかいねえのに、その半分を信じることができねえんだからな。

女とくっついては別れ、自棄酒を飲み、くっついては別れ、自棄酒を飲み、くっついては別れ、自棄酒を飲み、くっついては別れ、自棄酒を飲み、くっついては……」

「おい、だれか止めてやらねえか」重藤はそう言ったが、若い二人がぼんやりしているので、「要するに何十遍何百遍となく、それを繰り返したってわけで?」

「そういうことだな。そうこうしているうちに、おかしなもんで、酒がいくらでも飲めるようになっていた」

「みんな、それぞれ、切ないんだねえ」

威勢のよかった佐太が、いつのまにかしんみりしていた。

「というわけでおめえら、三つの決めを守って、まっとうな追剝として生きていこうぜ、というのは筋が通ってねえか」

「いいんでさ、それで」浪蔵が言った。「どうせ世間なんて、筋が通らねえいいかげんなもんだからよ」

「よし、それじゃ酒盛りにしようぜ」

「おう!」

と唱和したものそれほど気勢はあがらず、西に傾いた陽光に照らされたかれらの影は長く、気のせいか頼りなく感じられた。

五

うわばみ鬼左衛門が仲間に戒律を守らせたばかりに、かれらの稼業は五年と続かなかった。皮肉なものである。

傷つけないということは、当然殺しはせぬ道理だ。追剝である以上は金は盗る。しかし有金もすべては奪わず、次の宿に泊まるくらいは残してくれた。持ちかけようによっては身の上相談に乗ってくれるし、頼めば、まず普通に生きていては味わえないような体験談も話してくれるのである。

やはりおもしろいのは、うわばみ鬼左衛門との評判であった。法螺《ほら》話も嘘八百もあるのだが、そこはもと噺家の新笑亭万八である。筋の運びが巧《たく》みだし、落ちまでついているのだから、おもしろくなかろうはずがない。

嘘つきを千三ッと呼ぶが、これは千に三ッしか本当のことは言わずに、九百九十七は嘘という大変な嘘つきのことだ。万八はそのはるか上を行く。万のうち九千九百九十二がデタラメだというのである。ひどいやつがいたものだ。

仏の重藤はもと武家なので、仇討《あだう》ち、お家騒動、不義密通、剣豪の話と多彩で飽きさせなかった。あちこちと彷徨《ほうこう》した体験が役立って、かなりの実話をためこんでいたのである。『三国志』とか『平家物語』も読んでいるので、その方面では、ほかの三人は太刀《たち》打ちできなかった。

和尚の浪蔵も負けてはいない。すぐに破門になったので、寺にいたのは短かったが、そのわずかな期間に、艶《つや》っぽい法話を驚くほど仕入れていたのである。

ところで一番人気があったのは、意外にも佐太であった。不幸、不運を嘆《なげ》いて同情を引こうとするお客（とかれらは被害者を呼んでいた）を相手にするなら、佐太の独擅場《どくせんじょう》である。おまえさんばかりが辛いんじゃないと、自分の体験を聞かせるし、ほかの客に聞いた話を焼きなおしてさらに悲惨な、涙を誘わずにはいられぬ体験談に仕上げてしまうのだ。

で、被害者はすがすがしい顔で帰って行く。金と引き替えに、生きる勇気を与えられたのである。

お客さんは気持良く帰ってもらわねばならねえ、というのがかれらの信条であった。しかもお互いが、仲間に負けぬようにと話芸に磨きをかけるので、ますますおもしろくなりつつあったのである。

わずか四人の集団とは言いながら、前歴が噺家、武家、僧侶、それから人一倍世間の暗部を見てきた若者と、なかなかに個性的な人材がそろっていた。それが客の職業、年齢、性別などに応じて、交替で相手の悩みや愚痴《ぐち》を聞いてやり、求めに応じてとっておきの話を披瀝《ひれき》する。

なかにはなにを取りちがえたのか、床屋《とこや》に飛びこんで「おう、髭《え》剃《あた》ってくれ」という調子で、いたって安気《あんき》に「みつくろいでぞっとするようなのを一丁頼まあ」などと註文《ちゆうもん》をつける者まで現われる始末であった。

被害に遭った者のほとんどが、恨んだり憎んだりしていないばかりか、ひどく懐かしむというのは、古今未曾有《みぞう》のことではないだろうか。やがて、あろうことか、かれらは風流追剝とか人情追剝と呼ばれるようになったのである。

ここに至って、ついにお役人が動きはじめた。

単なる、ありふれた、顔を見られたというだけで殺したり、女とみれば犯したり、有金どころか着ているものまで剝ぎ取るという、意味どおりの追剝強盗なら黙認しているが、人情追剝などと親しみをこめて呼ばれるようになると、さすがにお役人も放置することができなかったのだろう。

人情追剝という言葉自体が、自家撞着《どうちやく》を起こしている。人情と追剝という語は、本来相容《あいい》れない種類のものだ。で、大掛かりな討伐隊を差し向け、萩街道の閻魔堂側と反対側から挟み撃ちにしたのだが、かれらの影も踏むことはできなかったという。

どうやら通報者がいたらしい。それも、討伐隊内部の者との噂であった。

追剝たちは蓄めていた金を残らず持ち、不要になったものを隠れ家まえの空地で焼き捨て、しかも飛び火して山火事にならぬよう、打ち水をしてから悠然と立ち去ったのである。四人の行方《ゆくえ》は杳《よう》として知れなかった。

数年すると萩街道にふたたび追剝が出没しはじめたが、そいつらはきわめて不人気であった。

なぜならまるっきり芸なしの不粋者ぞろいで、うわばみ鬼左衛門や仏の重藤などという気の利《き》いた愛称も持っていなければ、風変わりな恰好をしているわけでもなかったからである。

もちろん、楽しい話を聞かせるどころか、相手の言葉を聞こうともしなかった。それでいて、やることといったら、同類でさえ顔をそむけるほど残虐《ざんぎゃく》非道だというのだから、人気の出ようはずがない。

人々は、四人が跋扈《ばっこ》した時代を懐かしんだということである。

えくぼ

一

駕籠《かご》に揺られながら、星川《ほしかわ》屋邦衛《くにえ》の戸惑いはますます強くなった。自分がどのような事態に置かれているのか、なぜそうなったのか、これからどうなるのかが、まるで見当もつかなかったからである。

いかにもお店者《たなもの》らしい、おだやかで腰の低い四十前後の男が星川屋を訪れたのは、七ツ半（午後五時）をすぎたころであったろうか。

「てまえ主人征兵衛《せいべえ》が、折り入ってお話ししたいことがございますので、ぜひともお越しいただきたいと申しております。お呼び立てしてまことに恐縮ではございますが、どうかごいっしょねがえませんでしょうか」

男は、生田《いくた》屋の番頭だと名乗った。少々取りこんでいますのでと邦衛が答えると、

「どうやら、その件に関するご用談のようでございます。かつてご恩を受けたので、この機会《おり》になんとかご恩返しができればと、主人はそのように申しておりました」

そう言ったのである。

生田屋といえば江戸でも屈指《くっし》の材木商であり、征兵衛の噂は聞いてはいても、業種

がちがうこともあって面識はなかった。ましてや生田屋を助けたなどという覚えが、あるわけがないのだ。

それなのに征兵衛は、星川屋が立たされている状況を知っており、しかも恩返しをしたいと言ったらしい。

邦衛は了承したが、警戒心を解いたわけではなかった。今回の件に関しても、かれ自身の知らぬ部分で工作がなされ、気がついたときには窮地《きゅうち》に立たされていたからだ。

同業の阿木《あき》屋周八《しゅうはち》が星川屋の得意先を荒らしにかかっているのを知ったのは、一年まえのことであった。

その半年もまえから動きだしていたのに気づかなかったのは迂闊《うかつ》だったが、損をするしかないという法外な卸値《おろしね》で取引を結んでいたのであれば、手の施《ほどこ》しようもない。商人としてそれを非難することはできなかった。

たとえ相手が手段を選ばないとしても、商売の上で対抗しなければ、みすみす客を取られ、同業にはそれだけの力量かと笑われるだけである。

しかも、相手は阿木屋だけではなかった。ほかにも三軒ばかりが示しあわせたように、星川屋の得意先を切り崩しにかかったのだ。

相手が一軒なら手の打ちようもあるが、四方から一気に攻め立てられては、容易《ようい》に防ぎきれるものではない。

だが問題はその影響であった。商人は変わり身が早く、損得にかかわるとなると冷厳に対処する。あてにしていたところが融通《ゆうずう》をことわってきただけでなく、親しかった何軒かさえ応じてくれなかったのである。

沈む船からは鼠《ねずみ》も逃げ出すと言うが、櫛《くし》の歯が欠けていくように奉公人がやめていった。

前日には台所女中が暇を取ったので、女房のきよが台所仕事をした。邦衛は昼まえに、右手に包丁、左手に葱《ねぎ》を持ったきよが、俎《まないた》をまえにぼんやりと突っ立っているのを見て、声をかけようとしてためらった。

横顔しか見えなかったが、明らかに放心しているのがわかったからである。商売が左前になっても、暗い顔など見せずに甲斐甲斐《かいがい》しく働いて、家の中が暗くならないように努《つと》めていたきよであったが、それは空元気であったようだ。

年齢のせいか、邦衛は時折、強い気鬱《きうつ》にとらわれることが多くなっていた。体力の衰《おとろ》えで、疲れやすくなったためもあるのだろう。

過去を振り返ってみると、商《あきな》いでは自分なりに努力したつもりだが、結果として父の残した身代《しんだい》を、なんとか維持しているだけにすぎなかった。

自分の人生とは、一体なんだったのだろうか。人並みに働き、身代をおおきくはできなかったが、つぶすこともなく四十八の歳までやってきた。

酒も人並みには飲んだ。女遊びもしたとはいっても、囲ったり溺《おぼ》れたりはしなかった。博奕《ばくち》は若いころに夢中になったこともあるが、今では興味も持てない。ひたすらに働くばかりで、趣味とか道楽と呼べるものにも縁がなかった。

しかしそれは言い訳で、夢中になれるものを持たなかっただけのことだ。邦衛よりはるかに多忙でありながら、義太夫《ぎだゆう》、謡曲、俳句、短歌、川柳《せんりゅう》、狂歌、囲碁《いご》、釣りなどを楽しんでいる同業者は多い。

仕事一筋といえば聞こえがいいが、仕事を離れたら自分にはなにが残るというのだろう。息子の邦太郎《くにたろう》に仕事を譲る気になれないのは、内心それが不安なのかもしれなかった。

そんな考えが堂々巡りするばかりで、邦衛はひどい憂鬱《ゆううつ》にとらわれていたのである。

そのようなときに、無力感を吹き飛ばす事件に襲《おそ》われたのであった。

最後の手段は高利貸しだが、それはなんとしても避けねばならない。短期間で返済できる目処《めど》が立っていない状態では、それほど危険なことはなかった。利子が利子を生み、やがては店ごと取られてしまうだろう。

そのような状況だっただけに、生田屋の魂胆《こんたん》がわからなかった。かつて恩を受けたなどと言っているが、身に覚えはない。邦衛の神経は異様に鋭くなっていた。

駕籠からおりると、目のまえに「東風《こち》」があった。超の字がつく一流の料理屋で、邦衛はまだあがったことがない。

混乱は不安となった。いや、恐怖に近かった。

席に通されると、阿木屋周八など星川屋を追い落としにかかっている問屋衆が居並んで、甘い言葉につられてやってきた邦衛の人の好《よ》さを嘲笑《ちようしよう》する、そんな場面が脳裡《のうり》を横切ったからである。

到着を待っていたように出てきたのは、身分の高い武家の妻女かと思わせるほど品のある、四十年輩の女性であった。女将《おかみ》と思われたが、とすれば生田屋は上客にちがいない。

あるいは？　いや、虚《むな》しい望みを抱くことはやめようと、邦衛は自らを戒《いまし》めながら深呼吸した。

鯉《こい》の回遊する泉池などを横に見ながら、何度か廊下を折れて離れ座敷に通されると、邦衛と同年輩の、中背だが肉付きがよく、押し出しのいい男が、満面に笑みを浮かべながら頭をさげた。

「お呼び立ていたしまして、まことに申し訳ありません。生田屋征兵衛でございます。さ、どうぞ」

　女将をさがらせると征兵衛は上座を示したが、従うわけにはいかない。邦衛はその場に正座すると、両手を畳に突いて深々と頭をさげた。

「お初にお目にかかります。紙を商っております星川屋邦衛でございます。本日はお招きにあずかり、あつかましくもご高誼《こうぎ》に甘えさせていただきました。どうかよろしく、ご指導のほどお願い申しあげます」

「面《おもて》をおあげになってください」やや間を置いて征兵衛は言った。「お言葉ですが、初めてではございません。幾度かお会いしております」

　邦衛がまじまじと相手を見ると、征兵衛はおだやかに笑いを浮かべていた。

　生田屋はたしか四十八歳の邦衛より一歳若いはずだが、貫禄《かんろく》負けとでも言おうか、気圧《けお》されたような圧迫感を受けずにはいられなかった。

　邦衛は物覚えが悪いほうではない。むしろ記憶力を誇っていて、おなじ株仲間だけでなく、仲買人や紙漉《かみす》き職人でも、一度会えば頭に刻みこんでしまうのが自慢であった。

三年目に再会したときに、母親の病気のことに触れて、相手の職人を感動させたこともある。これは邦衛が恃《たの》みとする武器の一つで、どれほど商いに役立ったかしれない。

しかし、二十年あまりの記憶を洗いなおしてみても、目のまえの悠然たる男、生田屋征兵衛に結びつく記憶のかけらも思い出すことができなかった。焦燥《しょうそう》で脇腹が汗ばみはじめた。

「申し訳ございません」

「いやいや」と生田屋は、邦衛を安心させるやわらかな笑いで顔面を満たした。「そこが星川屋さんのすばらしい点ですね。人を助けたことなど、まるで覚えてらっしゃらない。わたしにとっては恩人なんですが」

「わたしのような者が生田屋さんの恩人だなどと、そんなことはまちがってもあろう道理がございません」

生田屋征兵衛といえば、裸一貫から一代で江戸屈指の身代を築《きず》いた、およそ商人なら知らぬ者はいない立志伝中の人物であった。

その大商人の頬に、一瞬だがえくぼが浮かんで消えた。初老を過ぎた、ふっくらとした男には似つかわしくなく、奇妙な印象を与えた。頬に肉がついたその年齢で出るくらいだから、若いころにはずいぶんと深く窪《くぼ》み、人目を惹《ひ》いたことだろう。

　生田屋は銚子を手にすると、

「もっと早くお礼をさせていただきたかったのですが、なにしろきっかけが……。そこへ、今度のできごとです」

　相手の本意が汲《く》めず、邦衛は注意深く征兵衛の言葉を待った。

「腹を立てないでいただきたいのですが、ようやくご恩返しができると」

「困りましたね。先ほど申しましたとおり、とんと身に覚えのないことでして」

「星川屋さんがそういう方だからこそ、来ていただいたのです。思い出していただかなくてけっこうですが、どうかわたしにお礼をさせていただけませんか」

「……？」

「率直《そっちょく》に申しますので、どうかお気を悪くなされませぬよう」そう前置きして生田屋は続けた。「いま、いかほどあれば凌《しの》げますでしょうか」

絶句した邦衛を見て、征兵衛はやわらかな微笑みで顔面を満たした。

「お役に立ちたいのです。もちろん、ある程度の事情はぞんじあげているつもりです」

二

「と申されますと」

そう訊《き》いた邦衛の声は、乾いて口腔《こうこう》に貼りつきでもしたようにかすれていた。

「阿木屋などは大店《おおだな》とは申せません。老舗《しにせ》と呼べるほどの歴史も信用もない。いわば商人《あきんど》中堅どころです。それが、損をしてまで星川屋さんのお得意を荒らしはじめた。のすることではありません」

征兵衛の話は的《まと》を射て、しかもむだがなかった。

「なぜだとお考えですか」

と征兵衛は、邦衛にそう問いかけた。

「ごぞんじでしょうが、江戸の紙問屋は四十七軒と決められております」

こんなことは生田屋も知っているはずだと、邦衛は徒労感にとらえられながらも、説明を続けた。

廃業して仲間を抜ける問屋があると、その株を譲り受けて新しく仲間に加入できるるが、そうでないかぎり新規に問屋となることができないのが決まりである。もちろん廃業が頻繁《ひんぱん》に起きるわけがなかった。となると弱みのある問屋を廃業に追いこむしかないが、その標的に星川屋が選ばれたのである。邦衛の説明にうなずきながら、征兵衛は言った。

「仕掛けた張本人がいるわけですね」

「仕事となると何業でもおなじでしょうが、とくに紙の場合は商品の知識だけでなく、事情がよほどわかっていないと、商いが成り立たないのです」

「内部の人間ということですか」

征兵衛は事情を知っているにちがいないと確信しながら、邦衛はうなずいた。

「仲買人です。かれらの夢は問屋として自分の店を持つことでして」

「現地の紙漉き職人と問屋のあいだに立って、神経をすり減らしながら、苦労する割には報《むく》われない」

「ええ」

「しかし、問屋を四軒も動かすとなると、かなりの資金が必要になります」

征兵衛がそう言うのを聞きながら、この男はまちがいなく知っているのだと、邦衛はますます確信を強めた。

「通常なら、そのような馬鹿げたまねはするはずはありません」

四十七軒の問屋は、自分たちの利益を守り、さらに利潤《りじゅん》を得るために結束を固める必要もあって、四、五人の世話役をおいている。同業に加わるには、問屋の株を得るだけでなく、世話役の了承が必要であった。

十数年まえ、ある仲買人が問屋になろうとしたとき、世話人の一人だった邦衛は強硬に反対したことがある。自分が利潤を得るために、紙漉き職人たちを反目させるよう、巧妙に裏工作しているのがわかったからであった。

問屋の仲間に加えても、百害あって一利もないことが歴然としていた。いかに危険かということは、ほかの世話役がだれひとり気づいていないほど上手に立ちまわった、という事実だけでも明らかだ。

その仲買人は問屋になれなかったが、以来、輪をかけたように金の亡者となったという噂は耳にしていた。

今にして思えば、星川屋を追い落として自分がその座を占めることだけを生きがいに、必死になって資金を蓄《た》めはじめたのであろう。だから今回の攻撃は、満を持しての挑戦だということになる。

「仲買の弥平《やへい》ですね」

聞き終えた生田屋にそう言われて、邦衛はふたたび絶句した。

一瞬、弥平の顔が浮かんで消えた。切れ長の一重目蓋《ひとえまぶた》で、右目の下に目立つ黒子《ほくろ》のある顔が、薄ら笑いでゆがんでいた。

卑屈なほど腰が低く、揉《も》み手をして愛想笑いを浮かべながら、その蔭《かげ》で人を罠《わな》にはめる作戦を立てているような男であった。

同業でないにもかかわらず、生田屋はそこまで知悉《ちしつ》していて援助を申し出たのである。とすれば受けるしかなかった。

「まことに失礼いたしました。ありがたく借用させていただきます」

「では先程の話にもどりますが、いかほどご入用でしょう」

邦衛は即答できなかった。

金策に明け暮れた日々を思うと、まるで夢のようである。依然として生田屋を助けた事実には思い当たらなかったが、いまはそれを問題にしても意味がない。

夢見心地のまま、頭の算盤《そろばん》を弾《はじ》いてみた。千両あれば解決するが、八百両でも足りるだろう。見通しさえ立てば待ってくれる同業も、何人かはいるはずである。

「八百両あればなんとか」

生田屋は意外そうな顔になり、すこし間を置いて言った。

「わかりました。千五百両ご用立ていたしましょう」

「……！」

「八百両では穴埋めだけに終わって、挽回《ばんかい》はむつかしい。千五百両あれば一気に逆転できるのではないですか」

「それはそうですが」

「ご用意いたしますので、存分にお使いください」

邦衛は自分から申し出て、借用期限を五年にしてもらった。

期限は切らないし、もちろん無利子でかまいませんと征兵衛は言ったが、邦衛は五年にこだわった。目標を定めたほうが、商いに対する意気ごみもちがってくるからだ。

相手は笑いながら、ではそういうことにいたしましょうと言った。

緊張から一気に解放されたこともあって急激に酔いがまわったらしく、生田屋が手配した駕籠が自分の店のまえで停まったときにも、邦衛の体と心は気持よく酔っていた。

　ふわふわと地面に降り立ち、駕籠が去って行くのを見ているうちに、急激に酔いが醒《さ》めてゆくのが感じられた。振り返ると、戸を締め切った、暗くて静まり返った自分の店が闇にうずくまっている。

　つい最前まで楽しく飲んでいたのに、それが遙《はる》か過去のような気がしはじめた。

　小僧に鍵を開けてもらって入ったが、屋内は冷え冷えとして暗かった。

　土間を通り、板敷きから廊下、そして寝部屋へと手燭《てしょく》を頼りに歩くにつれて、生田屋の援助などあるわけがないという思いが強くなった。なにか、途方もなく大掛かりな茶番だったのかもしれないという懸念《けねん》が、急激にふくらんだ。

　女房のきよは、邦衛が部屋に入ると背を向けた。おそらく、眠れずに輾転反側《てんてんはんそく》していたのだろう。

　起こして、なんの心配もいらなくなったと一言だけ声をかけようかとも思ったが、ためらいが強くてそのままにした。当てがはずれて糠《ぬか》喜びに終われば、どれだけ落胆が激しいかしれないと考えたからである。

　邦衛は明かりを消すと、闇の中で寝間着に着替えた。

　翌朝、六ツ（六時）に星川屋のまえに大八車が停まり、菰《こも》に包まれた荷が運びこまれた。

車には前日の番頭が付き添っていたが、邦衛が荷を調べ、まちがいなく千五百両あることを確認すると、目礼して帰って行った。証文は不要だと言ったが、邦衛は早朝に起きて用意しておいた借用書を、押し問答の末に受け取ってもらった。

生田屋の援助は、だれの目にも触れずにおこなわれたのである。

三

野州《やしゅう》の紙産地からもどった仲買人の卓蔵《たくぞう》は、自分の家にも寄らずに邦衛のもとに報告に駆け付けた。卓蔵が濯《すす》ぎ盥《だらい》を使っているあいだに、女房のきよが茶を淹《い》れた。

「旦那《だんな》さまのおっしゃるとおりでした」

うまそうに茶を啜《すす》ると、卓蔵はそう言って邦衛におおきくうなずいてみせた。

阿木屋にものっぴきならぬ事情があるようだが、蔭で動いているのはたしかに弥平だったと、三十をすぎたばかりの仲買人は言った。眉が太く、頬骨が出て、しかも真っ黒に日焼けしているので、見た目は武骨きわまりないが、実直で裏表のない男である。

　生田屋の援助があったものの、邦衛はすぐに反撃に出るようなことはせず、店の者にもこれまでとおなじように指示を与えた。四軒の問屋に荒らされた得意先に対しては、すこしでも回復できるように粘《ねば》り強く交渉を続けさせ、同時にかれらの取引先にも喰いこませたのである。

　危機に陥《おちい》って唯一救われたのは、息子の邦太郎が目の色を変えて仕事に取り組み始めたことだ。店がつぶれるかもしれないという危機感が駆り立てたのだろうが、奉公人の先頭に立って働くようになった。

　大口の商いはむりとしても、小口については応じてくれる相手もいた。一件あたりの金高《かねだか》はしれているが、数がまとまれば馬鹿にできない。それは邦衛が若いころに、必死になって取り組んだ商いの基本でもあった。

　使用人の何人かはやめていったが、残った者たちは死にもの狂いになって奔走《ほんそう》したのである。

　もしも持ちこたえることができれば、いや絶対につぶしてはならないのだが、今回の体験は若い奉公人にとって、おおきな自信となるにちがいない。

　仕入の金の支払いや借金の返済についても、三度四度と割賦《わっぷ》にしてもらい、借金は利子だけを納めて、元金については可能なかぎり日延べしてもらった。

ひたすら努力している事実を見せ、生田屋の援助は隠し、そうしながらも正確な状況を知ろうと努めたのである。

仲買の卓蔵に紙産地の実情を探らせたのも、その手段の一つであった。

「阿木屋ののっぴきならぬ事情?」

「弥平に弱みを握られ、脅《おど》されてしかたなく企《たく》みに加わったようです」

「なるほど、それくらいのことはやるだろうな、あの男なら」

阿木屋が脅されている事情も知っているのだろうが、卓蔵は触れようとはしなかった。この男が若いにもかかわらず信頼されているのは、親しい者に対しても喋る必要のないことに関しては口に緘《かん》するという節度を、持ちあわせているからだろう。

卓蔵は意志の強そうな太い眉のせいもあって、すくない口数に重みをつけているように感じられる男であった。

「それが奇妙なんですが」ちょっと間を置いて卓蔵は続けた。「ともかく一年間だけ合力《ごうりき》してくれ、結果が出さえすれば、ずっと有利に取引できるようにするから、と持ちかけたらしいんです」

「なるほど、四軒が手を組んで揺さぶりをかけさえすれば、星川屋なんぞは一年も持たないと読んだということだな」

それが一年半を過ぎたということで、かなり事情が変わったようであった。

短期決戦で集中的に攻撃すれば、ひとたまりもないと軽く見ていたら、倒れないどころか凌ぎきったので、阿木屋にとって、つまるところ仲買の弥平にとっては、おおいなる誤算だったということだろう。

資金が潤沢《じゅんたく》でなかったかれらは、息切れし、もともとが利害だけの結びつきなので、足並みが乱れはじめたようだ。

邦衛は路銀を前渡ししていたが、それとは別に礼として三両を包んだ。星川屋が苦境に立たされていると思いこんでいる卓蔵はすっかり恐縮し、包みを両手で頭上に戴《いただ》いて受け取った。

蔭に弥平がいることが確認でき、現況を知ることができたのだから、邦衛にとっては貴重な情報で、決して高くはなかった。

「わたしもそろそろ動くことにします。そのときには、ぜひ力を貸してください」

「旦那さまのためになることでしたら、よろこんでお手伝いさせていただきます」

「それを聞いて安心しました。わたしは本気になって闘おうと思う。弥平のような商人の道をはずれた者を、問屋などにしてはならない。紙漉き、仲買、それにほかの問屋を含めて、全体がたいへんな迷惑を受けることになりますからね」

卓蔵は黙って邦衛の目を見たまま、おおきくうなずいた。

ところが邦衛が動こうとしたとき、あっけなく事は終焉《しゅうえん》を迎えたのである。先頭に立っていた阿木屋が商いを支えきれなくなって倒産し、ほかの三軒も満身創痍《まんしんそうい》に近い状態で引きさがるという結果になった。

風向きは一気に変わった。生田屋が資金を融通したころから、問屋の一部が、寄ってたかって星川屋にいやがらせをしているという噂が、同業間に広まっていた。同情もあったのだろうが、阿木屋がつぶれた段階でその得意先のかなりが星川屋に横滑りした。邦衛にすればまさに「雨降って地固まる」という、予期せぬ結果になったのである。

問屋の株が一つ空席になったが、仲買人の弥平は株を買うだけの資金を持ちながら、問屋にはなれなかった。

そのころには、仲間の全員が弥平の暗躍《あんやく》していたことを知っていたので、だれ一人推《お》そうとはしなかったのである。四面楚歌《しめんそか》となった弥平は、この商いを続けるのがむりなことを悟《さと》ったらしく廃業した。

上方へ逃げたとの噂もあったが、その行方《ゆくえ》は杳《よう》として知れなかった。

新しく仲間入りしたのは卓蔵である。株の権利を買えるだけの金は持ちあわせていなかったが、弥平と阿木屋たちの露骨なやりかたに眉を顰《ひそ》めていた問屋仲間が資金を援助した。当然ながら、邦衛もできるかぎりのことはしてやった。

年が明けて二月になると、問屋の寄合がおこなわれた。

その年の初の顔あわせなので、主人が病気などで出席できなければ、代理でその妻女が出て全員が顔をあわせる、親睦《しんぼく》ではあっても重要な会であったが、その席で大野《おおの》屋となった卓蔵の披露目《ひろめ》がおこなわれた。

寄合の帰路、邦衛は世話役をやっている老舗の中田屋直吉《なかたなおきち》に、軽く飲みなおしませんかと船宿の二階に誘われた。

中田屋は邦衛の受けた災難と、冷静に対処し、立派に切り抜けた才覚を賞讃《しょうさん》し、だからというわけではないのだがとことわって、邦太郎に嫁を世話したいと申し出たのであった。話はとんとん拍子《びょうし》に進み、双方が気に入って思いがけぬほど簡単にまとまったので、邦衛は肩の荷をおろした思いがした。

邦衛は約束どおり、五年かけて金を完済した。三年目に三分の一、四年目にも同額、五年目には残りの全額に、相場を上回る利子をつけた。

商いに見通しがつくようになったころから、邦衛は生田屋について調べてみた。記憶の襞《ひだ》の奥の奥まで探りをいれても、生田屋を助けたという出来事に突き当たらなかったので、どうにも落ち着きが悪くてならなかったからだ。

生田屋に関する悪い噂はなかったし、信用もあった。

裸一貫から叩きあげたにしては、阿漕《あこぎ》なところもなく、相手も潤《うるお》わせるかわりに、自分はさらにおおきな利潤を得るという王道を往《ゆ》く商いによって、取引先とも強い信頼の絆《きずな》によって結ばれているようだ。

生田屋征兵衛に借金を完済して数日後、邦衛は礼のために一席設《もう》けた。

「それにしても、よくぞ立ちなおってくださいました」

「なにもかも、生田屋さんのおかげです。久しぶりに、がむしゃらに働きました。何年ぶりになりますかね、これほどむきになって働いたのは」

「気持よかったでしょう」

「ええ、ええ」

「商人は働けるうちが華ですから」

「それを実感できました」

「お互いに、若い時分に地獄を見ましたからね。底力がそなわっておるのですよ」

「自信を取りもどせました。まだまだ捨てたものではない、もうしばらくは頑張れると」

「しばらくなどとおっしゃらず、生涯《しょうがい》商人でいきましょう」

楽しい酒であった。同業者とのときのように腹の探りあいをしたり、なにげない談笑の中にも神経を張り巡らすという必要がないからかもしれない。

「ところで生田屋さん」邦衛は姿勢を正して言った。「あれから繰り返し来《こ》し方《かた》を思い起こしたのですが、どうにも思い出せないのですよ。まことに面目《めんぼく》ない次第ですが」

生田屋征兵衛はじっと邦衛を見ていたが、やがて体全体がこまかく震えはじめた。震えは足から腰、胴から胸へとあがり、それにつれて顔が赤くなり、ついには朱を注《さ》したように真っ赤になった。

「いや、これはゆかいですな」

征兵衛は吹き出しそうにでもなったのか、右手の拳で口もとを押さえた。その拳の後ろに、くっきりとえくぼができた。

邦衛は「あれッ」と思ったが、生田屋のえくぼを見たのが二回目だったからではない、どこかで見たような記憶が脳裡をかすめたからである。

生田屋はひとしきり笑うと、懐紙で目もとを押さえた。涙が出るくらい、おかしいのだろう。

「失礼、どうか許してください」顔が猩々《しょうじょう》のようになっている。「これからもお付きあいを願います。それから、万が一、わたくしめのことを思い出されましたら、お知らせください。楽しいお酒が飲めるはずですから」

生田屋に対して、邦衛はいまだに奇妙な感覚にとらわれていた。かれが耳にするのは、辣腕家《らつわんか》としての評判ばかりであった。たしかに生半可《なまはんか》な商いでは、一代で豪商に伸《の》しあがることはできないだろうとは思う。

きわめて短期間で幕閣《ばっかく》の有力どころに喰いこみ、おおきな寺院や大名屋敷の建築のための木材を扱うようになったのだという。しかもわずかな期間に人脈を網の目のように張り巡らせ、掌握《しょうあく》しているらしいのである。

味方につければこれほど頼もしい男もいないが、恐くてとても敵にはまわせないとだれもが言った。

その噂が邦衛に不安を与えなかったというと嘘になる。どうしても、警戒する気持が消えないのであった。

生田屋に莫大《ばくだい》な援助をしてもらった上に、なにかあっても自分にはこれ以上失うものはない。この上なにが不安なのだと、自分の小心さを自嘲するのだが、常に不安が付きまとうのも事実であった。

結局、恩人の件は謎のままで残ってしまったのである。

四

商売というものは、順風満帆《まんぱん》というわけにはいかぬものらしい。商いに不安がなくなったとひと安心したころ、手代の二三郎《にさぶろう》が不始末をしでかしたのである。

「監督不行届きで、面目次第もございません」

「番頭さんが詫《わ》びることはない。酒ですか？　女ですか？　それとも」

「え、ええ。……それが、なんです、実は……それとも、でして」

番頭の喜八《きはち》は、神妙な顔で口をもぐつかせた。博奕となると少々やっかいであった。

「わたしも諄々《じゅんじゅん》と話して聞かせましたし、本人も充分に懲《こ》りているようですが、なにぶんにも、なんでございますから」と相変わらず歯切れが悪い。「やはり、こういうことは旦那さまから直接に」

集金の十両に手をつけたが、逐電することもなく正直に打ち明けたというのを聞いて、邦衛はいくらか安心した。姿をくらまさなかったとなると、立ちなおる可能性はある。邦衛としても、自分の店から縄付きを出したくはなかった。

部屋に呼び付けると、二三郎はうなだれたまま顔をあげることもできないありさまである。人を叱《しか》ることは難しいが、自分の店の者となるとなおさらであった。高圧的に呶鳴《どな》りつけたために店を飛び出した者もいれば、おだやかに諭《さと》したのが災いして、主人を甘く見てか、さらにおおきな過ちを犯した者もいた。

二三郎を一瞥《いちべつ》して、頭ごなしに叱り付けるべきではないと邦衛は判断した。さてどう話したものかと迷いながら押し黙り、二三郎がそれ以上は耐えきれないであろうと思われる直前になって、静かに口を開いた。

「若いときには、だれにもまちがいはあるものです」

呶鳴られると覚悟していたのだろう、邦衛のおだやかな口調が意外だったらしく、二三郎は思わず顔をあげたが、主人と目があうとあわてて視線を落とした。

三男なのだが、すぐ上の兄が生まれて間もなく死んだために、親が二人分の生を重ねられるように二三郎と名付けたのだという。

邦衛は、「でこ」と渾名《あだな》された二三郎の広い額を見ていた。額が広いと聡明な印象を与えると言われるが、それは面長で顔立ちも整い、澄《す》み切った瞳をそなえている場合などにかぎられるものらしい。

この男の顔は、たしかに額は広いのだが、鰓《えら》が張っているうえに顎が尖《とが》っているので、五角形を成していた。将棋の駒を逆さにしたような恰好《かっこう》である。おおきな額に目鼻口が押しやられて、下のほうで窮屈そうに身を寄せ合っているように見えた。

きっかけはなんだったのかと訊《たず》ねたが、相手が黙っているので邦衛は続けた。どうせ悪い仲間に誘われて、大名下屋敷の中間《ちゅうげん》部屋にでも出掛けたに決まっている。

「最初は勝てただろう」

「はい」

「それが連中のやりかたでな」

ああいう場所は、たちの悪い渡り中間の古顔が仕切っているものだ。客は旗本や御家人の次三男坊、手代や番頭などのお店者、職人や中どころの商家の隠居などで、高禄の武家や大店の旦那衆などは出入りしない。

当然、おおきな賭場は立たなかったが、長いあいだ客でいてもらいたいので、再起不能になるまで毟《むし》り取るようなまねはしなかった。

通いつめてしばらくのあいだは勝ったり負けたりを繰り返すが、それはかれらがようすを見ている期間である。そうしながらも逆上しやすい性質《たち》か、粘り強いか淡泊か、気が強いかその逆かなどと、客の品定めをしているのであった。

「ある日、まるで勝てない」二三郎は邦衛を見、目があうとあわてて逸《そ》らせた。「なんとか取り返さなければと、金を工面《くめん》して行くと勝てる。負けて、勝って、ということを繰り返しているうちに、金高が段々とおおきくなり、清水の舞台から飛び降りるつもりで勝負に出て、大負けだ。負けを取りもどそうとむきになってさらに負け、泥沼にはまる」

借りられるだけ借りて、やがてだれも貸してくれなくなり、ついには集金の金に手を付けてしまう。負けを取りもどし、金は黙ってもどしておけばわからないだろうと考えるが、そんな考えが通用するほど世間は甘くない。

「どうだ、ちがうか」

「いえ」

二三郎は短く答えたが、目鼻口がさらに寄り集まったように見えた。広い額が汗で光っている。

「なにかを始めるにはきっかけが必要だ。ということは、きっかけさえあればやめられるということでもある。だが、そのきっかけは、よほど本人の身に沁みることでなければ、いつの間にかずるずると逆もどりしてしまう。こんなことを話すのは、おまえさんに見こみがあればこそなのだ。商人として一本立ちできぬと見たなら、即刻馘《くび》にし、親もとに報《しら》せて弁償させるところだよ」

邦衛は別に言葉を強めたわけではないが、二三郎は体を震わせた。親もと云々《うんぬん》を耳にして、自分がしでかしたことの重大さを実感したのだろう。

「こんな話をなぜするかというと、いいかい二三郎。わたしも若いころ、博奕で身を持ち崩しそうになったからなのだ。おまえさんの気持は、掌《たなごころ》を指すようにわかります」

二三郎は信じられぬという目で主人を見て、すぐに面を伏せた。

「わたしがなぜ博奕をやめたと思う。……疫病神《やくびょう》を見たからだよ」

二三郎は目を皿のように見開いた。

「もちろん、疫病神とはいってもその実人間だがね。だからこそ恐かった。心底恐くなったのだよ。ゾッとするほど恐かった。かれこれ二十八、九年になる」

当時は邦介《くにすけ》と呼ばれていた邦衛の場合は、父親が店を張っていただけに金も二三郎よりは都合がつくので、ずっと深入りしてしまった。

あるいはかれが疫病神と呼んだ若者の存在がなかったら、取り返しのつかない状態に追いこまれていたかもしれない。いや、その直前まで行っていたのである。

邦介と同年輩のその若者は、身なりからしてお店者らしかった。背は高くもなければ低くもなかったが、剃刀《かみそり》とか箆《へら》で、削《そ》げる肉をすべて削ぎ落としてしまったかと思うほど痩《や》せていた。鼻梁《びりょう》が高く唇が薄く見えるのも、顔に肉らしい肉がないためだろう。

しかも顔色が異様に悪いのである。蒼白とも土色ともつかない色で、血の気というものがまるで感じられなかった。

そんな若者が眉間《みけん》に皺《しわ》を寄せ、黙《だん》まりを決めているありさまは、ぞっとするほど陰気であった。

賭場ではあまり見かけぬ種類の若者である。だれもが勝って喜び、負けてくやしがり、歓声や溜息《ためいき》があふれ、生《なま》の感情が飛び交い渦《うず》を巻いていた。それが賭場というものである。

やっているうちに次第に熱くなり、片肌脱《ぬ》ぎや諸肌脱ぎになって、汗をしたたらせ、目を血走らせているのが賭場であった。そんな熱気の中にあって、若者はあまりにも異様に映った。

冷静沈着というのではない。ひたすらに陰気で、かれの坐った場だけがやけに暗く感じられるほどであった。

名前は多助《たすけ》と知った。ある日、かれが代貸と話しているのを耳に挟んだのである。とは言っても若者の声は届かず、聞こえたのは代貸の声ばかりであった。

「多助さん、いくらか都合しやしょうか」多助がぼそぼそと呟《つぶや》くと、「そりゃ無茶だ。ゆうべみたいな日が続きゃ、こっちが干《ひ》上がってしまいまさあ」

どうやら前夜はおおきく勝ち、その夜は毟り取られたらしい。短いやりとりがあって多助はいくらか借りたが、結局、巻きあげられてしまった。

よく顔をあわせる男たちはほかに何人もいるのに、多助ばかりがやけに気になった。しかも出会うと決まって、いやな思いにとらわれるのである。

そのうちに邦介は奇妙な符合に気づいた。博奕である以上、勝ち負けはどう転ぶかわからないが、多助と顔をあわせた日にはかならず負けていた。

顔を見るといやな気分になるはずである。出会うのは決まってかれが勝てない日、それも大負けした日にかぎられていたのだ。

ある日などはかなりいい調子で勝ち続けて、自慢顔で周囲の連中を見渡したとき、眉間に縦皺を刻みこんだ多助の顔に突き当たってしまった。あわてて目を逸らせたが、ときすでに遅し、である。

そのあとはことごとく目が逆に出て、終わってみれば無一文になっていた。

「疫病神だ！」と、邦介は吐き捨てた。「やつは疫病神だ。おれのツキをふいにしてしまいやがる！」

五

その後も何度か多助とはいっしょになったが、決まって負けがこみ、ほとんどが大損した。そんなことを繰り返しているうちに、多助に出会わなくても、なぜか勝てなくなってしまったのである。

「おれは馬鹿だ」

ある日、やはり多助の顔を見て大敗したあとで、邦介は不意に笑い出した。まわりの連中が気味悪がるほどの、ひきつるような笑いであった。周囲の冷たい視線や馬鹿にしきった笑いを感じながら、かれはなおも笑い続けた。

次の給銀をもらった日、まごまごしていると借金取りがやって来るので、邦介は店を飛び出した。

一直線に賭場に向かったが、いつもの賭場ではなかった。疫病神の多助に出会わぬためには、河岸《かし》を変えればいいのである。こんな簡単なことになぜ気が付かなかったのだろうと、ふしぎでならなかった。

邦介は久しぶりに懐を重くして帰り、あちこちに溜まっていた借りを返すことができた。あとになって冷静に考えれば、そこそこの金を賭ける初顔のお店者を、いいカモだと見て飴《あめ》を嘗《な》めさせられたのだが、そのときには気づきもしなかった。

「疫病神さえいなけりゃこっちのもんだ」

邦介は思わず笑いを浮かべたが、その次に出掛けたときにはどうにもちぐはぐで、ちいさく張れば取れるのに、勝負に出ると負けてしまう。負けると、取り返そうとして傷を深める悪循環《あくじゅんかん》となった。

「冗談じゃないぜ。まるで疫病神が……」

言葉は途中で立ち消えになった。面をあげると、まさに陰気きわまりない顔をした疫病神の多助がいたのである。しかも奇妙なことに、相手は「しまった」という表情で顔をそむけたのであった。

「なんだなんだ。どういうことだ?」

まるでおれの姿を見なくなったので、場所変えをしたと察して探していたというふうではないか。いや、そうに決まっている。だからこそ、あわてて目を逸らせたのだ。そういうことか。

どこにいても、やつはおれにつきまとうという魂胆だ。賭場に行くかぎり、それがどこであろうとかならず姿を見せ、おれのツキを落とすのだろう。

こうなったらやめるしか方法がなかった。勝ったり負けたりしているあいだはおもしろいし、病み付きになるが、疫病神につきまとわれたのでは、とてもではないが続ける気にはなれなかった。

邦衛はきっぱりと博奕から足を洗い、まともに仕事に励むようになった。凝《こ》ると熱中するというのが邦衛の性分《しょうぶん》らしい。ひとたび仕事に向かうと、目に見えて成果があがるようになった。

当然、高い評価を受けることになる。すると仕事がおもしろく、以前にも増して熱中するので、さらによい結果を残すことになったのである。

すべてが、いい方向に回転しはじめたのであった。

博奕では勝つか負けるかはわからない。いや、九分九厘は負けるようにしくまれている。

もちろん商いにも博奕に似た要素がないとは言い切れないし、時の運もあって目論《もくろ》みがはずれるということもあった。だが、ほとんどの場合、努力は報われるものだ。

「しかも博奕で手にするよりも、桁《けた》ちがいの金が儲《もう》かる。もちろん博奕のように張ればたちまち答が出るということはないが、自分が時間をかけて準備しておいたことがある時点で一気に結実するときの喜びは、博奕などの比ではなかったな。

商いがこれほど楽しいものだということに、どうしてもっと早く気づかなかったのだろう。そう思ったのは二十八だったか、博奕をやめてから三年経ってからのことだから。二三郎、おまえいくつになる」

「二十歳になりました」

いつのまにか二三郎は背筋を伸ばしていた。声もおおきく明瞭《めいりよう》になっている。もう心配はない、と邦衛は安堵《あんど》した。

「そうか。わたしがやめたときより五歳若いな。おまえは運がいい」

「うしろで疫病神がほくそ笑んでいたかと思うと、ぞっとします」

二三郎は、両手で肩を抱くようにして激しく身震いした。

それを聞いて邦衛は唐突に、疫病神の多助が、あの陰気な若者が一度だけ笑ったのを思い出したのであった。

あれは疫病神の名が多助だと知ってほどなくのころで、負けがこんでいたこともあってかれの笑いが無性に腹立たしかった。

「なにがおもしれえってんだ、疫病神のくせに笑いやがって」と、腹のうちで毒突いた。ねらいどおりの目が出たのかもしれないが、たしかに笑ったのである。

ただし、笑い顔そのものは相変わらず陰気であった。蛞蝓《なめくじ》が借金の取り立てをくらったような顔、とでも言えばいいだろうか。えくぼが出ていなかったら、顰《しか》めただけだと思ったかもしれない。

えくぼ！　叫び声をあげそうになったが、邦衛は辛《かろ》うじて自制した。二三郎は急に黙ってしまった主人を訝《いぶか》ってか、とまどったような目で見詰めていた。

なぜ思い出せなかったのだろう。若いころの、それも一年ほどの期間だとはいえ、あれほど強烈で、自分の人生に決定的に影響を与えたというのに。

江戸屈指の豪商生田屋の主人と、博奕場で知りあうはずがないとの思いが強すぎたからだろうか。

たしかに押しも押されもしない大商人だが、それは現在の姿であって、三十年ほどまえは自分とおなじような、痩せた若者であったのだ。

それに、と邦衛は征兵衛の言葉を思い出していた。借金を完済したときの酒席で、かれはこう言ったのである、「お互いに、若い時分に地獄を見ましたからね」と。

どうしてぼんやりと聞き流して、いまごろになって思い出したりしたのだろうか。

邦衛は咳《せき》払いを一つすると、渋い顔になった。

「商人である以上、あけた穴は埋めてもらわねばならない」

「かならずお返しいたします」

「もちろんです。ちゃんと働いてもらえさえすれば、店を出すときには援助を惜しみません。それからね、二三郎や」

「はい？」

「此度《こたび》のことを知っているのは、番頭さんとわたしだけだ。邦太郎やきよも知りません。だれにも話してはいないし、二度と話しはしない。わたしは、二三郎が立ちなおってくれることを信じている。だから、昨日までのことはきれいさっぱり忘れました。番頭さんにも忘れるように言っときましょう。では、さがってよろしい」

部屋を出ようとする二三郎に、

「あ、それから、番頭さんに来るように言っておくれでないか。すぐ来るようにと」

二三郎がどのように伝えたものか、喜八は顔を強《こわ》ばらせてやって来た。

「番頭さん、たいへんなことになった」

「ほかにも使いこみをしていましたか」

「いや二三郎のことではない。生田屋さんのことだが」

「あ、ああ。昔、面倒を見たことを思い出されたのですね」

「その逆だ。救ってもらったのは、わたしだったのだよ」

「恩人ですか」

「そうだ。恩人だ」

「生田屋さんのほうでも、旦那さまを恩人だと言ってるんでしょう」

「そうだ」

喜八はくすりと笑った。なにを笑う、と叱りそうになって、邦衛も思わず吹き出してしまった。

六

「一生、思い出していただけないのではないかと、案じておりましたが」

二人は、どちらが背にするというのではなく、床の間を横にし、向きあって坐っていた。最初のときから暗黙のうちに、上下なく席を取るようになっていたのである。

「多助さん」

邦衛が呼びかけると、征兵衛もおなじように呼びかけた。

「邦介さん」

「え、わたしの名をどうして？」

「星川屋さんが、わたしの名をごぞんじのように」

「賭場では、わたしたちは一度も口を利《き》いたことがなかったはずですが」

「にもかかわらず、ともかく気にかかってならなかった。ちがいますか？」

「ええ、気にかかってね」

「では、わたしが恩人だと申したわけが、おわかりいただけたわけですね」

「とんでもない。わたくしめにとってこそ大恩人で」

大の男が二人、相手を恩人だと言い張っている図は滑稽《こっけい》であったが、当人たちはいたってまじめであった。

「あの賭場は、折助《おりすけ》の武吉《ぶきち》が仕切っていましたね」

「のっぺりとした、なまっちろい顔の、髭がまばらにしか生えないような、さえない小男なのに、目くばせ一つで、相撲《すもう》取りのような大男がこき使われていました」

「そうでしたね。人間というものの不可思議さを、見せられた思いがします」

「背負《せお》ってきた子供のお守りを若い者にまかせて、打っていた浪人がいました」

「高坂彦之丞《たかさかひこのじょう》です」

「お武家を少しも恐がらず、九寸五分《くすんごぶ》で対等に渡りあう、刺青《いれずみ》をした若いヤクザで」

「般若《はんにゃ》の辰《たつ》」

「そうそう、左の胸に般若を彫《ほ》って、その般若の頬に刀傷があった」

「若かったとはいえ、ああいう場所で、丁だ半だと熱をあげていたんですね」

「一度は見ておいたほうがいいかもしれませんが」

「ええ、人生の手習所のようなものです。今にして思えば、あそこで学んだものは実に多かった」

「といって、店の者に勉強に励めと言うわけにもゆかず」

二人は顔を見あわせて笑った。

星川屋邦衛と生田屋征兵衛がその賭場で遊んだのは、わずか一年ほどであった。しかもほとんどおなじころに通い、止めた時期もぴたりと一致していた。

「ともかく、気になって気になってしかたがなかったのですよ」と生田屋が言った。

「あそこに通っていたときにも、通わなくなってからも」

なるほど、それで邦衛が苦境に立たされたとき、間一髪で援助の手を差し伸べてくれたのか。

だが、どうしてそこまで気にしなければならなかったのだろう、それも通わなくなってからもずっと意識せずにはいられないほどまでに……。

「わたしにとって、星川屋さんは貧乏神でした」

言われて邦衛は顔を強ばらせた。

「お腹立ちでしょうが、お聞きください」

邦衛の表情の変化を誤解したのか、生田屋はいくらか早口になって喋りはじめた。

邦衛は呆然として聞いていたが、というのも征兵衛の話が、貧乏神を疫病神に置き換えれば、かれが二三郎に話したのとまったくおなじ、いや、そっくり裏返しであったからだ。

邦介と顔をあわせたときには、多助はかならず負けた。思い余って賭場を変えたら、そこにもいた。

もうだめだと絶望的になったら、瘧《おこり》が落ちたように熱が冷めて、博奕から足を洗うことができたのです、と生田屋は苦笑まじりに語った。

するとあのとき、「しまった」という表情で目を逸らせたのは、邦衛が考えていたのとはまるで反対の意味だったことになる。

ともかく自分を取りもどすことができたのだが、商売に熱中するとおもしろくてならない。今までとちがって迷いもなかった。金儲けのおもしろさを知ってしまったのである。もちろん、常に順調というわけではなかったが。

「辛くなると貧乏神、つまり星川屋さんの、あのころは邦介さんでしたが、お顔を思い出して耐えぬきました。やがて独立し、妻も得て、ようやく見通しが立ったとき、わたしは自分の考えがひねくれていたことに気づいたのです」征兵衛はこれ以上ないというほど、きまじめな表情になった。「邦介さんは決して貧乏神なんぞではない。とんでもない。福の神だ。わが人生最大の恩人ではないかと、そのように思い到ったのです」

常に邦介、つまり邦衛の動向には注意していたと、生田屋征兵衛は言った。そこに、五年まえの弥平と阿木屋たちの策謀である。

「しめた、と」生田屋はあわてて言いなおした。「いや、これでようやく恩返しができると思いました」

言いなおしたのはわざとであったかもしれなかったが、邦衛は不愉快ではなかった。

たしかに疫病神とか貧乏神というのは一時の短絡な結論で、長い目で見ればまさに福の神である。

相手を単に疫病神と思っていただけの自分と、結果として救ってくれたのだから、貧乏神ではなくて福の神だったと思いなおした生田屋。この差はほんのわずかのように見えて、実際には天と地ほどの開きがあるのかもしれない。

だからこそ生田屋は裸一貫からあれだけの大店の主人となり、自分は父から譲り受けた店を、もう少しで失ってしまうところだったのだ。

生田屋の豊頰《ほうきょう》にはなんの変化も現われてはいなかったが、邦衛はそこにえくぼが見えたような気がしてならなかった。

考えてみるまでもなく、生田屋こそ邦衛にとって福の神であった。手を差し伸べてもらえなかったら、家族と奉公人は路頭に迷っていただろう。えくぼは疫病神には似合わないが、福の神ならお似合いである。

「あのときのことですが」と邦衛は姿勢を正しながら言った。「わたしには、どうにも解《げ》せないことがありましてね」

「どういうことでしょう」

「弥平と阿木屋のことです。かれらだけの仕業《しわざ》だとは思えないのですよ。なにか、別の力が働いていたのではないかと」

生田屋は盃《さかずき》に視線を落として、しばらく思案しているふうであったが、間もなく顔をあげて邦衛を見た。生半可な知識と当て推量ですから、聞き流していただきたいのですがと前置きして、生田屋は語り始めた。

邦衛が強硬に反対したために弥平は問屋になりそこなったが、そのおり、事情を知らなかったほかの世話役たちは、弥平の周辺を洗ってみたと思われる。

すると弥平の商人らしからぬ振舞いは、世話役たちの予想をはるかに超えていたし、輪をかけてひどくなる様相を呈《てい》していた。これでは、紙産業の漉き職人、仲買人、そして紙問屋という流れが壊されかねないし、ひいては株仲間の存在そのものが脅《おびや》かされることになる。

「弥平を抹殺《まっさつ》しようと?」

「そのようにおっしゃられると、おだやかではありませんが」

弥平が邦衛を逆恨みしていることを、世話役たちはよく知っており、そのうちに動きだすと見ていたのだろう。案の定、弥平は阿木屋などを巻きこんで総攻撃にかかった。

大手の問屋たちのねらいは、弥平を紙の業界から自然なかたちで排除することであった。そのためには、弥平が問屋の株を買う目的で蓄めこんだ資金を、吐き出させなければならない。

だから静観することにしたのだと思う、と生田屋は言った。

「わたしだけが蚊帳《かや》の外だったわけですか。道理で、それまでの付きあいを考えると融通してくれるはずの問屋が、なにかと理由をつけてことわったわけですね」

「わたしは出すぎたまねをしたのではないかと、後悔しているのですよ」

征兵衛はまたしても意外なことを言った。世話役の、つまりそのほとんどは大手の問屋でもあるのだが、かれらの目的は弥平の居場所をなくすことであった。だから、星川屋には限度まで頑張ってもらい、それ以上はむりだと判断すれば、手を差し伸べる予定であったようだ、と生田屋は言った。

それは推量などではないのだろう。征兵衛は邦衛などが想像もできないような、きわめて正確な情報網を持っているにちがいなかった。

邦衛は憤《いきどお》るというよりも、みじめな思いにとらわれた。同業の思惑など知りもせずに、なりふりかまわず苦闘し、さげたくない頭をさげてまわったのである。

「世話役にとっての誤算は、阿木屋がつぶれたことでしょうね。問屋の株が一つ空席になり、しかも弥平は資金を持っている」

征兵衛は慎重に、言葉を選びながらそういった。邦衛の心が傷ついたことを察したのかもしれない。

「弥平にとっては、つぶれるのが星川屋であろうと阿木屋であろうと、関係なかったのですね。本当は、自分が問屋になれさえすればよかったのではありませんか」

邦衛はなるたけ、さりげない口調でそう言った。征兵衛はうなずいた。

「でしょうね。ところが世話役たちにすれば、絶対にそんなことをさせてはならなかった。弥平を紙の商いから、だれもが納得する方法で放逐《ほうちく》する必要があったのです」

紙産地、そして寺院や本の版元、大量の紙を購入する役所、果ては提灯《ちょうちん》屋などにまで、弥平が中心になって星川屋にいやがらせをしているという噂を流したのは、そのためだったのだろうと生田屋征兵衛は言った。

「そうでしたか。噂が一気に広まったのが、生田屋さんが手を差し伸べてくださったころだったので」

「わたしが？」心外だという表情を一瞬だけ見せたが、征兵衛は静かに続けた。「取引先に噂を流すのは、問屋筋なら簡単ですし、自然におこなえます、それも短期間に。わたしがやろうとしたら、相当な金と人を使わねばむりですよ。それよりも、自分と関わりのない商いに手出しをするというのは、商人としておこなってはならぬことですから」

邦衛は思わず赤面した。まったく余計なことを喋ってしまったものである。

「阿木屋がつぶれたことで、世話役たちの考えが変わったとは思われませんか？」

商売のやり方はともかく、古株で力のある弥平を排除する計画が、阿木屋の倒産という誤算で軌道の修正を導いたと生田屋は言うのである。

弥平を除けば、実力があるのは紙産地の信頼が篤《あつ》い卓蔵だけで、あとは小者の仲買人ばかりであった。そこで阿木屋の後釜《あとがま》に卓蔵を据《す》えたのだ。

「おそらく」と生田屋は遠くを見るような視線になった。「今後は仲買を通さずに、問屋と紙産地の直接の取引に動くようになるでしょう。問屋が結束すれば、仕入値を押さえられるので、利潤はずっとおおきくなります」

同業に指摘されたのなら、邦衛もさほどではなかったかもしれないが、材木商の生田屋に言われただけに驚きは激しかった。生田屋の本質を見抜く目の鋭さに比べ、自分がいかに表面しか見ていなかったことかと愕然《がくぜん》となった。

翌日の午《ひる》の八ッ半（午後三時）、邦衛はきよと息子夫婦、そして番頭の喜八を自室に呼び、年内に邦太郎に星川屋を譲って隠居することを伝えた。邦太郎は緊張したが、嫁のほうは顔を輝かせ、上気して耳まで赤くした。

同時に、二年後には喜八に店を持たせることにするとも言った。紙問屋に欠員が出れば資本金《もとで》を与えて、株仲間加入の紹介をし、得意先を分与するつもりだった。

先の悶着《もんちゃく》が解決したおり、倒産した阿木屋の取引先の多くを得ることができたし、その後も増えていた。そのかなりの部分は、喜八の努力によるものであった。株を得ることができなければ、ほかの商売を始めるしかないが、まじめで明るい喜八なら心配はいらないだろう。

邦太郎たちが店にさがって二人きりになると、きよが茶を淹れなおした。

「そのようにおだやかなお顔、はじめてですよ。商売が商人にとっていかにたいへんな闘いであるかということが、おまえさまが隠居なさってはじめてわかりました」

「まだ、隠居ではない」

「おなじようなものですよ、邦太郎にも喜八にも伝えたんですから」

邦衛は征兵衛と談笑しているうちに、いつの間にか隠居になるときが来たのに気づいたのであった。江戸で有数の豪商に接して、その器のおおきさ、度量というもの、間口の広さと奥行きの深さに驚嘆させられたのである。

それに対して、自分はあまりにも凡庸《ぼんよう》な商人にすぎない。もっとも比較する気は毛頭ないし、自分は自分なりに精一杯努力したことに満足していた。生田屋に教えられて、自分が巻きこまれた事件の絵解きもできた。

とすれば今が潮時《じおどき》ではないだろうか。幸いなことに息子の邦太郎には、商人としての自覚も芽生《めば》えている。妻も娶《めと》り、腕を試したいと願っていることだろう。

父から受け継いだ身代を、最後の最後になってからだが、すこしおおきくすることもできた。

邦太郎が自分程度の商人で終わるのか、生田屋のように力を発揮するのか、それとも非力で押しつぶされるのか、それはわからないが、ともかくあとを託《たく》してみようと結論したのであった。

倅《せがれ》にまかせたら、のんびりと湯治《とうじ》に出かけるのもいいかもしれない、などと邦衛は考えていた。数年まえに感じていた、自分の人生はなんだったのだという虚しい思いは、どこかに消えていた。

だれもが、成功したり名を挙げたりできるものではない。ほとんどの人間は、浮き沈みの波に翻弄《ほんろう》されながら、無我夢中で生きてゆくものだろう。

それにどんな意味があるのかという問いは、自分などが発するにはあまりにも僭越《せんえつ》でありすぎる。ひたすらに生きるということもそれなりに、いや、充分に大切で価値があることなのだ。なぜなら、ほとんどの人はそのようにして、自分の一生を終えてゆく。それに意味がなかろうはずが、ないではないか。

「あとは孫を待つだけか」

「早く見たいですね」

どこからか、「ちちちち」というかすかな音が聞こえてきた。邦衛が訝るのを見て、きよが言った。

「雀《すずめ》の子でしょ」

「雀の子?」

「軒端《のきば》に巣をかけていましたから、孵《かえ》ったんですよ」そこまで言って、きよはおかしくてならないというふうに笑った。「ごぞんじではなかったのですか、ま、あきれた」

「こういうちょっとしたことに気がつくとなると、隠居も案外と捨てたものではないな」

「ごらんなさい。あなただって、すっかり隠居のつもりじゃありませんか」

憂《うれ》いの微塵《みじん》も感じられない、これほど明るいきよの笑顔は久しぶりであった。含み笑いをしながら邦衛が横を見ると、きよもおなじように笑いをこらえていた。

幻祭夢譚
まぼろしのまつりゆめものがたり

一

道に迷ったのかもしれないという漠《ばく》とした不安は、暮靄時《ぼあいどき》となっても一軒の家も見当たらぬためにますます募《つの》り、いつしか確信へと変わっていた。道は次第《しだい》に狭くなって、左右から被《かぶ》さる禾本《のぎぐさ》のために地面が見えない所すらあった。

それよりも奇妙なことに、人に出会わないのである。

「いくら間道《かんどう》とはいっても、人と行き交《か》わないなどということがあるだろうか。いや、そんなことはありえない」

英心《えいしん》は思わず呟《つぶや》いた。一人で旅を続けるうちに、若い僧はいつしか自問自答するのが癖《くせ》になっていた。

「あの男の勘ちがいだろうか？　考えられぬことだ」

腹の調子がよくなかったので宿を出立《しゅったつ》するのが遅れ、四ツ（午前十持）には通過していなければならない六地蔵《ろくじぞう》を越えたのは、九ツ（正午）をすぎてからである。このままでは日暮までに次の宿に着けそうになかったが、かといって歩みを速めると下腹が痛くなるので、早足で時間を稼《かせ》ぐこともできない。

困惑していると、前方から草叢《くさむら》がやって来た。男が山のような草の束を背負《せお》っているので、草叢が動いたように見えたのだ。男は足もとの少し先を見ながら、黙々と英心のほうへやって来た。

「あの、もうし」

声をかけると男は立ち止まった。色が黒く頑丈な体格をした、三十代半ばの男である。才槌《さいづち》頭に金壺眼《かなつぼまなこ》という目立つ容貌《ようぼう》で、顔からは一面に汗がしたたり落ちていた。

英心が事情を訴えると、間道を行くがいいと男は即座に答えた。

「街道を行くと、追剝《おいはぎ》に遭《あ》うかもしんねえでな」

異なことを言うと思ったが、間道は寂《さび》しくてほとんど人が通らない、金や持ち物が目当ての盗賊が、そんな場所で待ち伏せるような割の合わぬことはしないと、自信たっぷりに男は言った。

背負った束の紐《ひも》に胸のまえで親指を通した農夫は、汗を拭《ぬぐ》おうともしなかったが、汗を拭《ふ》くどころか荷物をおろすこともできない。それでいて親切に教えてくれたのだ、どうして信じないでいられるだろうか。

だが本当は、追剝が出るという男の言葉が、踏ん切りをつけさせたのであった。英心は間道へ足を踏み入れ、道なりに進むようにと言われたのでそれに従った。

二叉路《にさろ》とか三叉路はなかったし、目印となる場所は、男に教えられたとおり順に通過していた。

丸木橋、馬からおりて迂回《うかい》しなければならないという巨大な騎馬止め岩、遠くからでもわかるほど鬱蒼《うっそう》と繁《しげ》った一本森の異名をもつ巨樹、岩に分けられた流れが下流でふたたびいっしょになる再会の瀬……それらはちゃんと在《あ》ったが、今、かれはどこまでも続く荒野をまえに呆然としていた。

その心細さは、十二歳で孤児となったときに味わった頼りなさに似ていた。両親を流行病《はやりやまい》で相次《あいつ》いで喪《うしな》って途方に暮れていると、数すくない身内や町内の者が集まって葬儀を執《と》りおこなってくれ、そのあとで英吉《えいきち》と呼ばれていた英心の身の振り方が決められたのであった。

大工《だいく》なり左官なりに弟子入りさせ、手に職をつけさせたほうがいいとか、これからは金を持った者の世になるだろうから、商家の丁稚《でっち》に住みこませたほうが英吉のためだとか言うのだが、かれを引き取ろうという親戚《しんせき》はいなかった。

黙って聞いていた油問屋の佐兵衛《さへえ》という町役が、英吉はなかなか利発なので、僧にさせたらどうだろうと提案した。洛西《らくせい》の禅寺に心安くしている僧がいる、よければ世話したいがと言われ、両親の血縁は一も二もなく同意した。

禅寺への弟子入りと住みこみの話を決め、佐兵衛は三日後にやって来た。そのときになって初めて、英吉は両親が育ての親であったことを知ったのである。

実の親は逢坂峠《おうさかとうげ》で追剝に遭って殺されたらしい、と佐兵衛は言った。

まだ幼かった英吉は、気絶していて殺害をまぬかれたのである。時間が経《た》って意識がもどったのだろう、火が点いたように泣いているところに八百屋《やおや》の英助《えいすけ》が通りかかったのであった。

英助は事件を役人に届け、孤児を引き取ることにした。

英助夫婦は所帯を持って七年も子供に恵まれなかったので、まさに天からの授《さず》かりものと受け取り、英助の一字を取って英吉と名付け、実の子として育てた。さほど裕福ともいえなかったが、夫婦はこの憐《あわ》れな子のためにできるかぎりのことをしてやった。

英吉は手習いの師匠について読み書きを習い、算盤《そろばん》は英助に教えてもらった。なに不自由なく、のびのびと育てられたのである。

自分に二組の親がいたことを知って英吉は泣いた。幼くして親なきを「孤」という。かれは十二歳で、二度目の孤児となったのだ。

英吉が泣き止むのを待ってから佐兵衛は、僧になるよう勧めたのは、親の菩提《ぼだい》を弔《とむら》ってもらいたいからだと言った。

英助夫婦についてては、わたしも知っているし、ほかにも覚えている者は多い。しかし実の親についてはなにもわかっておらず、すでに忘れ去られようとしているのだ。たった一人の息子である英吉が弔わなければ、二人の魂《たましい》はいつまでも浮かばれないだろうと町役は言った。

わたしは思うのだが、と佐兵衛はじっと英吉の瞳に見入った。

世の中には気の毒な人が多い。悲しみに打ちひしがれ、死んだほうがましだと絶望している者はいくらもいる。英吉はきっとそういう人たちを救うようにと、この世に送り届けられたにちがいない。

生みの親を追剝に殺され、育ての親を流行病で失ったおまえのような者こそ、それら衆生《しゆじよう》の役に立てるのではないのか。おまえはそのために生まれてきたのではないのか。

いっしょに悲しみ、悩み、だからこそ迷いから救えるのではないのか。わたしにはそう思えてならないのだ、と佐兵衛は言った。

英吉はなにも言えず、黙ったまま何度もうなずいた。気の毒な人たちを救うようにこの世に送り届けられたにちがいないという言葉は、かれの胸に深く突き刺さった。英吉は賢心《けんしん》の弟子となり、一字を取って英心の僧名《そうみょう》をもらうと、修行を開始したのである。

ところが人を救うどころか、道をまちがえて狼狽《うろた》えているありさまだ。あのときには佐兵衛が相談に乗ってくれたが、今はだれ一人として頼る者もいなければ、話す相手もなかった。

とぼとぼと歩み始めた英心は、思わず悲鳴をあげて立ち竦《すく》んだ。すぐ横からおおきな鳥が、激しい羽音をたてて飛び立ったのである。

首だけをまわして見ると、その辺りは湿地になっていた。水鳥は英心の足音に驚いたものらしい。

西の山が濃い藍《あい》色の空の下にくっきりと稜線《りょうせん》を描き出し、すでに明るさはその辺りにしか残っていなかった。東の方角を見やったが、墨《すみ》で塗り籠《こ》められたように漆黒《しっこく》である。

「月も出ぬか」

指を折ってみたが、今宵《こよい》は居待ち月なのであと半刻（一時間）近くせねば月も昇《のぼ》らない。灯《あか》りの用意をしていなかったので、英心は途方に暮れた。すでに路面もぼんやりと白いだけで、かろうじて道だとわかる程度であった。

「野宿だけは避けたいものだ」

止《や》むを得ず何度か野に寝たが、地蔵堂や閻魔堂《えんまどう》のように屋根と囲《かこ》いがあればまだしも、野宿では一睡もできぬことが多かった。狼《おおかみ》の遠吠えや、狸《たぬき》だか狐《きつね》だかは知らないが、得体の知れぬ何物かが徘徊《はいかい》する気配、思いもかけぬ近間で啼《な》く梟《ふくろう》の声などに、どれほど脅《おど》かされたかしれない。

「平泉《ひらいずみ》にはいつ着けるのだろうか」

京の都を発《た》って、すでに半月以上が過ぎていた。いや、間もなく二十日になろうとしている。徒歩では早くて二十五日、ま、ひと月だと覚悟したほうがいい、そう言われていた。するとまだ十日前後も、心細い一人旅が続くのである。

「だいじょうぶ、わたしにはみ仏のご加護がある」呟いた声は弱々しかったが、それが不意に弾《はず》んだ。「灯《ひ》だ!」

二

暗くなったために目に入ったのか、それともつい今しがた灯《とも》されたのであろうか。

「狐火や鬼火でないかぎり、あそこには家があり、人が住まいしている」

夜の灯は近く見えると言う。一刻（二時間）は覚悟していたが、四半刻（三十分）もせぬ間に英心は一軒の家の軒下に立っていた。藁葺《わらぶ》きの陋屋《ろうおく》である。

「旅の僧でございます。夜道に行き暮れて難渋《なんじゅう》いたしております。決してご迷惑はおかけいたしません。土間の片隅でけっこうでございますので、どうか一夜の宿をお願いできませぬでしょうか」

人の気配はするが返辞はない。

長い間があった。ちらりちらりとかすかにしか漏れないのだが、それが途方もなく明るい輝きに感じられた。

どうやら行燈《あんどん》や灯明《とうみょう》ではないらしい。

囲炉裏《いろり》で薪《まき》を燃やして、なにかを煮ているようである。鼻がその匂いをとらえた瞬間、音を立てて腹が鳴った。

「お坊さん、だね」

思いもかけなかった建物の横から、女の、それも若い女の声がした。

「ほんとに……お坊さん、それも一人なんだね」粗末な、継ぎ接ぎだらけの袷《あわせ》を着た娘が、おどおどと英心に近付いてきた。「こんなあばら家だけんど、雨露だけなら凌《しの》いでもらえっから。どうぞ」

そう言って娘は茅屋《ぼうおく》に入り、英心が続くと戸を閉めてサルを落とし、さらに心張棒《しんばり》で戸締まりをした。あまりの用心深さに驚く英心の顔を見て、

「父さんが、火は焚《た》くな、人は入れるなって言っていたんだけど、粟《あわ》や稗《ひえ》は温《ぬく》めねえと、とても咽喉《のど》を通らねえ。……あ、お坊さん、夕餉《ゆうげ》はまだだべ？」

「いえ、わたくしは」

との言葉を腹が嘲笑《あざわら》うように裏切り、グーッと華々しい音を発した。

「お恥ずかしい」

「お坊さんも人の子だもの」

囲炉裏は切られているが、畳はおろか板敷きさえなかった。乾草の上に、莚《むしろ》が並べてあるだけである。

自在鉤《じざいかぎ》に鍋がかけられ、蓋《ふた》の隙間《すきま》から湯気が立ち昇っていた。香ばしい匂いに、ま

たしても腹が鳴った。

「口にはあわねかもしんねえけど、なんぼでもあっから」

囲炉裏をあいだに、向きあっての食事となった。火力の強い赤松をくべたからか、あるいは眼が慣れたせいか、いろいろなものが見て取れた。

感じるのは火の明るさと、対照的な背後の暗さである。娘のおおきな影、そして煤《すす》けた天井の木組み、土が落ちて割竹が剥《む》き出しになった荒壁。

改めて見ると、娘は着ているものは粗末であったが、顔立ちは整い美しかった。若さに特有の輝きというものもあるのだろうが、肌の白さも、強い光を放つ瞳も、そしてちいさいが色濃い唇も、見習い僧の英心にとってはあまりにもまぶしすぎた。

初音《はつね》、それが娘の名である。母とは幼くして死に別れ、父は猟師をしていると言った。熊、鹿、猪《いのしし》などを捕えて毛皮や肝《きも》、干し肉を金に換え、それで衣類や農具、刃物などを買うが、あとは自分たちで賄《まかな》うのだそうだ。

「男を泊めても、大丈夫ですか」

「うん、お坊さんだもの」

と、初音は言った。「うん」と「お坊さんだもの」のあいだに、わずかなためらいがあったような気がした。英心は師の賢心の横顔をふと思い出していた。

「あの」と言って、英心はためらった。「もうすこしいただけますか」

「いかった」初音は、真実うれしそうな声を出した。あるいは貧しい食事を恥じていたのかもしれない。「お酒もあるよ。父さんの作った濁酒《しろうま》だけんど」

「いえ、わたしは修行中の僧の身ですから」

おなじ猟師仲間に不幸があって、父親は山を二つ越えた集落に出かけたのだという。囲炉裏を挟み、離れて横になるまえに初音はそう言った。その言葉になにか意味があるのかないのか、英心は旅の疲れで、半《なか》ば眠りの中で聞いたのである。

どのくらい眠っただろうか。自分がどこにいるのかさえわからなかった。なにも見えないのは、真の闇だからなのか、目を閉じたままだからなのか、それさえも判然としない。

鼻がなにかの匂いをとらえたが、しばらくしてそれが乾草であるらしいことがわかり、ようやくのことで、初音の家に泊めてもらったのを思い出すことができた。寝息が聞こえぬものかと耳を澄《す》ませたが、そのような気配はない。英心の耳は、寝息とはちがった奇妙な音をとらえていた。

音は単調に繰り返している。気にかかると、神経が研《と》ぎ澄まされ、眠気が一気に遠《とお》退《の》くのがわかった。

首をもたげて慎重に見透《みす》かすと、目が闇に慣れたものとみえて、物の輪郭《りんかく》がおぼろげながら見て取れた。天井からさがった自在鉤、鉤にかけられた鍋。

初音が始末したものか、囲炉裏の火は落とされていた。しかし、反対側に横臥《おうが》したはずの初音の姿はなかった。

肘《ひじ》を突き、上体を起こして見まわしたが、やはり姿は見えない。規則正しく反復する音は、単調に続いていた。

咽喉が渇いたので水を飲みに出たか、あるいは小用だろう。あまり気にせずに眠ったほうがいい。疲れているのだから、体力を回復させるのが先決だ。

それに今回の旅も、そもそもは自分の好奇心が招いた結果ではないか。おなじ轍《てつ》を踏む愚を繰り返してはならない、と英心は自分に言い聞かせた。

いや、あのときとはちがう。たしかに耳慣れぬ音ではあったが、あれは堅固な寺の建物の中であった。ここは野中の一軒家だ。

しかも、おなじ屋根の下で眠っていた若い女が姿を消したのである。音は当然、初音に関係があるはずであった。たしかめるべきではないのか？

あのときもそうして……、その結果、自分は師である賢心の使いとして長い旅をしなければならない破目《はめ》になってしまった。あるいは二度と京の土を踏めないかもしれぬという疑惧《ぎぐ》が、抑えようとしても頭をもたげてくる。

「この若者、多少見こみがありそうなので、手元に置いて鍛えてはくれまいか」

賢心からかれの弟弟子に宛てられた書簡には、そのように書かれているという気がしてならない。

三

あのとき、たしかめようとしたばかりに、狼の遠吠えや鳥の飛び立つ音に怯《おび》えながら、陸奥《みちのく》の辺境まで来なくてはならなかったのである。

もうすこし経験を積んでいたら、あるいは察しがついたかもしれないが、若い英心には予想もできぬことであった。

英心は師に用を命じられて寺を離れることがあったが、その一刻（二時間）前後のわずかな時間が息抜きになるほど、賢心は寡黙《かもく》で厳しい師僧であった。

口うるさく叱言《こごと》を撒《ま》き散らすようなことはいっさいしないが、自己を厳しく律する態度に接していると、一瞬として気を抜くことができないのである。冬でも七ッ（午前四時）には起床して勤《つと》めを始めるし、酒も莨《たばこ》も嗜《たしな》まず、多忙にもかかわらず驚くほど本を読んでいた。

　ある日、往復にかかる時間が一刻半（三時間）ほどの距離にある、おなじ宗派の寺へ物を届ける使いを命じられたことがあった。ところが門を出て四半刻（三十分）も行かぬうちに、目指す寺の寺男に出会ったのである。

　これ幸いと品を託《たく》して、引き返したのであった。本心はどこかで息抜きしたくてたまらなかったのだが、万が一それが発覚したとき、師がどのような態度に出るかの見当がつかない。最悪の場合は寺を追い出されるだろうと考え、急ぎ足で寺にもどったのである。

　庫裏《くり》に入ろうとして、英心は異様な気配を感じた。繰り返す奇妙な音、動物の喘《あえ》ぐような、あるいは物を擦《す》りあわせるような、それともそれを組みあわせたような、聞いたことのない音が耳をとらえた。

　無意識のうちに足音を忍ばせて、櫺子《れんじ》窓からそっと覗《のぞ》きこみ、英心は「あッ」と息を呑《の》んだ。

　料理や洗い物をするために、庫裏には水を引きこんである。

　その洗い場の流しの木枠に、女が両手を突き、その背後から師の賢心がのしかかっていた。女の着物は尻の上までまくりあげられ、まえをはだけた賢心が腰を密着させて、激しく動かしていたのである。

奇妙な音は二人があげる声、あるいは喉音《のどおと》であった。

両手を突っ張り、上体を反《そ》らせ、女は丸くて真っ白な尻を突き出していた。咽喉を震わせて喘ぐ声が、吸いこみ、そして絞《しぼ》り出される息によって、規則正しい往復の音を立て、その切れ目ごとに、形よく尖《とが》った顎《あご》が小刻みにがくがくと震えていた。

その女が、四条《しじょう》通りで呉服の店を張っている檀家《だんか》の内儀《おかみ》であることがわかって、英心は愕然《がくぜん》となった。

いや、半年まえに亭主に死なれたので、今では女主人である。十四歳の息子を名義上の主人に仕立てたが、実権を握り采配《さいはい》を振っているのは彼女であった。

言葉数がすくなく、控え目で、毅然《きぜん》として近寄りがたい女性だが、それがまるで別人のようになっていたのである。

見てはならないものを見てしまったと思ったものの、英心は目を逸《そ》らすことができなかった。窓にしがみついて、目を見開いたまま、金縛りに遭いでもしたかのように動けなかったのだ。

英心は自分の師と、三十なかばをすぎた商家の女主人の情欲のさまを、真横から見ていた。

二人の喘ぎがますます激しくなると、女が首をねじ曲げて賢心に顔を向けた。目を半眼にし、荒々しい息をする内儀の唇に、賢心の唇が吸い付くと、賢心の腰の動きがそれまでの倍を超える速さとなった。

賢心は気づかなかったようだが、首をねじ曲げたときに、女の目は英心のそれとぶつかり、からまりあった。

それでも彼女は腰を振り続け、汗が流れ落ちる首を一杯に反らせ、目だけは英心を見ていた。うつろな、焦点の定まらない、英心を見ているようで、あるいは見ていないのではないかと思わせるような、不確かな目ではあったが……。

やがて賢心の腰は激しい動きをやめ、両腕で背後から女を抱き締めると、あとは細かな震えとなり、ようやくのことで収まったのである。

師が腰を引くのを見て、英心は櫺子窓からずり落ちた。

当然、呼び付けられるものと覚悟していたが、翌日になってもなんの変化も起きなかった。朝の勤行《ごんぎょう》から始まって、賢心はそれまでと変わることなく勤めを果《は》たしてゆく。法事を執りおこない、座禅を組み、檀家をまわり、というぐあいに。

内儀は和尚に言い付けなかったらしい、と英心は安堵《あんど》した。あるいは顔を向けてはいたが、なにも見ていなかったのではないだろうか。そういえばまったくうつろな目で、見られたと、自分が勝手に思っただけかもしれなかった。

ある日、英心は自分がなにに怯えているのかに思い当たった。寺を出ると、だれ一人として頼れる者がいなかったのである。

親類の冷淡さは葬斂《そうれん》のときに身に沁《し》みていたが、それが血のつながりがないためだとも理解している。佐兵衛に訴えたとしても、おそらくは賢心のそのような振舞いを、信じようとはしないだろう。むしろ英心が、修行が辛くなったので逃げ出したくなり、作り話をするのだ、と思われるのが関の山であった。

だが次第に、そのようなことに怯えている自分に腹が立ち始めた。佐兵衛が言ったではないか、修行を積んで、困っている人たち、悲しみに打ちひしがれた人たちを救うのが役目だと、そのためにこそ自分は遣《つか》わされたのだと。

とすれば、賢心のもとに留《とど》まってはいけないのではないのか。かれにはもはや師を尊崇《そんすう》することはできなかった。

いかに学問があろうと、夫に死なれて半年の檀家を連れこんであのような仕儀にいたるようでは、僧として、いや人としても失格である。

あれで本当に、辛い人たちとおなじ気持になって救うことなどできるだろうか。いや、できはしまい。

賢心が勤めも満足に果たさず、明るいうちから酒を飲むような坊主《ぼうず》であったなら、英心はすこしの躊躇《ためら》いもなく寺を飛び出したことだろう。

だが、あのことさえ除《のぞ》けば非の打ち所がなかったし、世話してくれた佐兵衛の手前もあった。それに大人というものは、内儀がそうであったように、二面を持ちあわせているものなのかもしれないとも考えた。

英心は人から尊敬される確たる自己を持った一人前の僧に、一日も早くなりたかった。そうでなければ、だれも自分の言うことなど聞いてはくれず、そんなありさまでは人を救うことなどできないと考えたからである。

やはり寺を出よう。はっきりとそれを伝えようと決心して迎えた十日目の朝、英心は師に呼ばれた。

賢心は墨痕《ぼっこん》も鮮やかでまだ墨の匂いが強い分厚い封書を手渡しながら、これを弟子に届けるようにと言った。重要な書簡ゆえ、他人《ひと》には任せられないのでおまえに頼むのだと言われ、英心はわかりましたと答えた。

かれの返辞を待って、師ははじめて寺の名と在《あ》り所を教えた。奥州《おうしゅう》の平泉だという。英心は心の中で「あッ！」と叫んだが、賢心は知らぬ顔で、四条の呉服屋に寄ってから出立するようにと命じ、路銀の入った巾着《きんちゃく》を投げ出した。

四条の店に寄って女主人に取り次ぎを頼むと、英心とさほど年齢がちがわないと思える手代は、「少々、お待ちやす」と冷たく言って奥に消えた。

もどって来た手代は、「奥にお通りやす」とさらに冷たく言った。

「ちょうど、お茶を喫《の》もうと思うとりましたの」と内儀は言った。「英心さんも一服どうどすか」

「いえ、すぐに発たねばなりませんので」

内儀はうなずくと文箱を引き寄せ、紙包みを取って英心のまえに滑らせた。

「餞別《せんべつ》どす。ほんの気持だけで恥ずかしおすけど」

やはり内儀は知っていたのではないだろうかと、英心は顔が強《こわ》ばる思いがした。しかし陸奥への長旅であれば、当然のことかもしれないと思いなおしたのである。あまり深読みしないほうがいいのかもしれない。

「なにごとも修行や思うて、励《はげ》んでおくれやす」

英心が礼を述べ、あいさつをして退出しようとすると、内儀が言った。

「驚かはりましたやろなあ」

媚《こび》を含んだ笑いを浮かべながら、彼女は英心を見あげた。あのときの目であった。やはり内儀は気づいていたのである。

女主人は立ったと思う間もなく、英心にほとんど体を密着させていた。野生の生き物のような、無駄のない動きであった。白粉《おしろい》と、成熟した女性の発する濃密な匂いが、英心の全身を取り巻いた。

「和尚《おっ》さんはなぁ、変わった恰好《かっこう》とか、人に見られるかも知れんような場所とか」なにかを思い出しでもしたのか、内儀はくすくすと小鼻のあたりで笑った。「かなわしまへん。本堂でもな……。まさか、罰《ばち》は当たらん思いますけど」

信じられぬほど素早い動きで、内儀は英心の股間に手を伸ばした。

「若《わこ》うおすなあ」ぎゅっと握ると、すぐに手を離し、「おりを見て教えてあげよう思てたけれど、あんな所を見られてしもうてはしょうがおへん」

逃げるように店を出ようとする英心を、先刻の手代が冷ややかな目で見送った。視線の冷たさの意味を、英心はそのときになってはじめて知ったのである。

一人旅の心細さといったらなかった。あまりの辛さに、師の賢心は自分が追剝強盗に襲《おそ》われて命を落とすのを、期待しているにちがいないと思ったほどだ。

英心は静かに横臥したが、目も頭も冴《さ》え切っていた。音はまったくおなじ調子で続いている。強くなるとか、弱くなるとか、途切れるということがない。その単調さに、空恐ろしさを覚えずにはいられなかった。

四

「ここは安達《あだち》ヶ原《はら》に近いのではないだろうか」

言葉を途中で飲みこんだ。

旅人に宿を貸し、夜中に殺害してその肉を喰らう鬼女の話を、あれはなんであったか、たしかに読んだはずである。僧である自分、わずかな路銀と書簡しか持っていない自分も、やはり並みの旅人とおなじ憂《う》き目に遭わねばならぬのだろうか。

それにしても、言い伝えだとばかり思っていたのに現実の話で、しかも選《よ》りに選って自分が遭遇することになるとは、だれが考えただろう。

なぜもっと早く師に伝えなかったのかと、またしても英心は臍《ほぞ》を噛む思いがした。旅の空の下で恐ろしい体験やみじめな思いに遭うと、かならず後悔するのであった。そして京にもどったなら、ただちに師のもとを去ろうと心に誓うのである。

がまんができなくなって、どうにも寝てはいられなかった。

英心は上体を起こすと、音を立てぬように注意しながら土間におりた。暦《こよみ》どおりに月が出たものか、屋外は明るく、それが所々にある隙間から洩《も》れて、屋内をぼんやりと浮きあがらせていた。土間に立ってみると、音は竈《かまど》の向こうでしているのがわかった。

一歩一歩と、いや半歩ずつ足をずらせていた英心は、体を強ばらせて突っ立った。引き返そうと思うのだが、意思に反して体はまえに押し出された。

まず、ほとんど動かない白髪《しらが》の頭が見えただけで、全身が総毛立った。それから落ち窪《くぼ》んだ眼窩《がんか》が、続いて艶《つや》のない、揉《も》んだ渋紙のような胸が見えた。

心の臓が早鐘のように打ち、それ以上見たくはないと思っているのに、背後から押されでもするように体はまえへまえへと引き寄せられていった。

老婆が菜刀を、それも凄まじい形相《ぎょうそう》で一心不乱に研いでいた。

これがあの初音の、実の姿だというのだろうか？

目を逸らすことができず、老婆を凝視《ぎょうし》したままで英心は後じさった。とんでもないところに泊めてもらった。ここは、話に聞いた安達ヶ原のひとつ家にちがいない。

白河《しらかわ》とか鏡石《かがみいし》という土地を通って来たばかりである。英心は地理に蒙《くら》かったが、安達ヶ原はたしかその先、ちょうどこの辺りになるのではなかっただろうか。

ほんの数歩さがっただけで、どん、と体がなにかにぶつかった。

思わず悲鳴をあげたが、奇妙である。やわらかでしかも温かいのだ。菜刀を研ぐ音にはまるで変化がない。

恐る恐る首を捻《ひね》り、英心はふたたび声をあげた。

初音がいた。

「見られてしまったんだね」と、それまでとは別人のように、沈んだ声であった。

「見せたくなかったんだけど。……母さんだよ」

「えッ？」

思わず声に出した。黒いものが一本も混じっていない白髪。それも銀のように輝くきれいな白髪ではなく、黄ばんで汚れた白い色であった。八十の老婆だと言われても納得しただろう。

着物をはだけているので、萎《しな》びた乳房や一本一本が数えられそうな肋骨《ろっこつ》が見えた。顔や腕などあらゆるところに広がる、梅干しの皮を貼りつけたような老斑《おむかえぼくろ》、腕も手も指も首筋もどこもかしこも筋張って、痛々しいほどだった。

信じられない。これが初音の母親などということがあるだろうか。祖母あるいは曾祖母なら、わからぬでもないが……。

「八十すぎの婆さんでも、こんなにひどくはねえべね」英心の思いを察したように初音が言った。「耳は聞こえねし、目も見えね……すっかり惚《ぼ》けてしまって、娘のわたしのこともわかんねえ。あんたさまが不安に思うんではねえかと、黙っていたんだけど」

ひたすら刃物を研いでいた老婆が、研ぐのをやめて、見えないはずの目のまえに刃先をかざした。

指の腹で触れて鋭さをたしかめると、老婆はふたたび黙々と研ぎ始めた。おおきな砥《と》石《いし》を端から端まで一杯に使って研ぎ続けるのを見ていると、背筋が寒くなった。

「やめさせっぺとしてもだめなんだよ。むりに止めっと、とても年寄りとは思えね力で暴れるもんだから」

冷たいものが英心の腕に触れた。初音の指先であった。

「気のすむまでやめね」初音は、哀しみを瞳に満たしながら英心を見た。「休むべ。いや、休んでけろ」

英心がうなずくと、初音は腕をそっとからめ、囲炉裏のほうへと導いた。老婆が菜刀を研ぐ音は変わりなく続いており、この分では今夜はとても眠れないだろう。

初音の白粉気のない、若い娘が発する健康で甘い匂いが英心の鼻孔《びこう》を刺激した。

二人は初音が横臥していた場所に、並んで腰をおろした。

初音は腕をからめたままで、英心にもたれかかってきた。腕の外側に、やわらかく、しかし弾力のあるものが触れた。着物を透しても、その感触は強烈であった。全身の血がそこに集まったような気がして、英心の胸は高鳴った。

「母さんは、娘のわたしから言うのもなんだけど、うんときれいだったんだよ」

鄙《ひな》には稀《まれ》な美貌《びぼう》が、結果としては災いしたのだ。父の留守、というか父が猟に出るのを待っていたように、野に伏し山に伏す盗賊どもが襲ったのであった。

危険を察したのだろう、母は近くにあった籠に初音を入れて草を被《かぶ》せ、「なにがあっても声を立てんじゃないよ」と蒼白で引きつった顔で命じた。

続いて五歳になる健太《けんた》をどこかに隠そうとしたが、間にあわなかった。

男たちは五人だった。乱入してきた異様な風采《ふうさい》の男たちに怯えて兄の健太は泣き叫び、逃げようとしたがその声は断ち切られた。男の一人が、手槍で心の臓をひと突きにしたからだ。

健太に駆け寄ろうとした母は、男たちに引きもどされて、着物を剝ぎ取られ、二幅《ふたの》を毟《むし》られると、たちまち丸裸にされてしまった。男たちは下帯を外すのももどかしげに、次々と母の白い体に襲いかかったのである。

よほど女体に餓《う》えていたものか、男たちは無限とも思えるほど繰り返し母にのしかかった。

そのうちに一人が酒を見つけ、仲間が母を犯すのを見てげらげら笑いながら、まわし呑みをはじめた。その呑み方もひどく餓えたふうで、白く濁った酒を口の両端から垂らしながら、まさに貪《むさぼ》り呑むのであった。

大欠伸《おおあくび》を繰り返したり、脇の下をぼりぼりと掻きながら男たちは帰っていった。三歳だった初音は、籠の編目のあいだからその一部始終を見ていたのである。

猟からもどった父は、屋内に入るなり事態の異様さを察したらしい。獲物を投げ出すと母に駆け寄り、死んだようにぐったりとなった裸身を抱きあげ、名を呼びながら揺さぶり続けた。

それから襤褸《ぼろ》のように投げ出された健太の死骸を見つけて、野獣の咆哮《ほうこう》のような声を発した。艶のある濃い髭《ひげ》を濡らして、父は長いあいだ号泣した。

そして突然に泣き止むと、

「は、つ、ね――！」

悲鳴に近い叫びをあげた。何度も名を呼ばれたが、初音は返辞ができなかった。咽喉が膠《にかわ》で貼り付けられでもしたように、声が出せなかったのである。

初音は頭に草を戴《いただ》いたまま、ふらふらしながら立ちあがった。父が走り寄って抱き締めたので、初音の頭には熱い涙が音を立ててこぼれた。

「母さんからは、すっかり人の気《け》ってものが抜けてしまって」

「いたわしいことです」

三歳の幼児にそれほどの哀しみを味わわせるとは……。英心の顔面はぐっしょりと濡れていた。

かれは三歳で両親を追剝に殺害されたが、気を喪っていたのでそれを見ずにすんだ。だが初音は、兄が虫けらのように殺され、母が五人のならず者に凌辱《おか》される始終を、見なければならなかったのだ。

涙が止めどなくあふれ出た。じっと見ていた初音の目からも、大粒の涙が流れて落ちた。

「お坊さんは、わたしのために、心から泣いてくれるんだ」

英心は首を振った。

「わたしには、いっしょに泣くことしかできないんです」

「たくさんだよ、もったいないよ」

初音の母は、魂の抜けた、泣きもしなければ笑いもしない、生ける屍《しかばね》となってしまった。

それがある日、どうしたものか菜刀を見つけてきて研ぎはじめたのだ。

隠したり取りあげたりすると狂ったように、いやすでに狂ってはいるのだが、意味のわからぬことを叫びながらむしゃぶりつくのである。

あるいは刃物を研ぐこと、研ぎ続けることで、そのうちに人間らしさを取りもどせるかもしれないと思ったが、ずっとそのままであった。

初音に女の徴《しるし》が現われると、父はいっさい男を近付けようとしなかった。しかし猟にまで連れて行くことはできないので、さまざまな仕掛けを施《ほどこ》したのである。

屋内には何箇所か、身を隠すための穴が掘られていたし、家の周りには幾重《いくえ》にも鳴子紐《なるこひも》が張り巡らせてある。槍状に尖らせた何本もの竹を差しこんだ落とし穴も、いたる所に掘ってあった。

「あんたさまが」

「英心です」

「英心さまが鳴子にもかかんねで、穴にも落ちねでごぶじだったのは、お坊さんだからだべね」

かれが訪れたとき、必要以上に用心深かったのも、そのような事情があったとすれば当然かもしれない。

やはり、み仏の導きとしか思えなかった。初音が食物を温めようとしたその火を、偶然に英心は目にしたのだから。

そのとき、突然に戸が激しく叩かれた。初音が狼狽《ろうばい》して、戸口に駆け寄った。それまでとは別人のような敏捷《びんしょう》な動きに、英心は啞然となった。

五

心張棒をはずしてサルをあげた初音を、押し退けるようにして入ってきたのは、巨大な体軀《たいく》の男であった。顔面をおおった艶やかな漆黒の髭と鋭い光を放つ双眸《そうぼう》からすると、父親であるらしい。だが、父にしてはあまりにも若すぎやしないか、と一瞬のうちに英心は見て取った。

「案の定、このざまだ」

「ちがう、ちがうだよ」

「なにがちがうもんか。もしやと思って、早めに切りあげて帰ってみっと」

「おまえさま、それは思いちがいというもんだ。この人は旅のお坊さんだよ」

おまえさま！

気味の悪い老婆が菜刀を研ぐのを目撃し、初音の一家にまつわる悲惨な話を打ち明けられたばかりである。父親だとばかり思っていたら、おまえさま！　すると初音の亭主だというのか？

あっけにとられて口も利けぬ英心のすぐ傍《そば》にやってくると、男はしゃがみこんでじっと顔を覗《のぞ》きこんだ。獣の臭いと体臭が強烈に臭った。

肩幅も胸の厚みも、ともに英心の倍はありそうだ。こんな男に疑われては、とても助かりそうにはない。

「たしかに頭は剃《そ》ってるし、墨染めの衣は着てっけど、坊主も男だかんな」

男は咽喉に引っかかるような笑いを発したが、目はすこしも笑ってはいなかった。

坊主も男に変わりはない。たしかに男の言うとおりである。英心は、庫裏で内儀に背後からのしかかっていた賢心の、まるで獣と変わらぬ姿を思い出していた。

すぐ傍でよく見ると、男はおそらく二十代の後半と思われた。首が太く、肩の筋肉が瘤《こぶ》のように盛りあがっている。

「男はどいつもこいつもおんなじよ。侍だって、商人《あきんど》だって、追剝だって、それに坊主だってな。おめえにとっちゃ、男は男だ。男であればだれでもいいんだ。そうだべが」

「お坊さんだよ」

初音の咎《とが》める声は、消え入りそうなほど弱々しかった。

「それがどうした。おれはな、さかりのついた犬よりひでえ坊主を、何人も知ってんだ。女を連れこんで、酒をかっ喰らって、生臭《なまぐさ》ものをなんぼでも口にするような坊主をな」

「お疑いかもしれませんが、雨露さえ凌げればと、わたしがむりにお願いを申して、一夜のお宿をお借りしただけでございます」

「子供はどうした？　どこに隠した？」

子供！　初音、いや二人の子供だというのだろうか？

「納屋に寝かせて」

「納屋だと？　そんでも、男を引きこむためだったとは言わねえつもりか、ェッ？」

男の声が聞こえたわけではないだろうが、突然、火が点いたように子供が泣き始めた。

「ほれ、みろ、寂しがってるでねえか。泣き叫んでるでねえか。まったく、なんて女だ」

　取りすがろうとする初音を突き飛ばして、亭主は足音も荒く出ていった。

「逃げてけろ」

　男が家を出るなり、初音は声を震わせながら英心に言った。

「いえ、それはできません。そんなことをすれば、ご亭主は二人のあいだになにかあったと、ますます疑うでしょう」

「おなじことだよ。あんたを泊めたというだけで、あんなに狂ってるんだから」

「話せばわかってもらえるはずです」

「五郎次《ごろうじ》はそんな男ではねえよ」初音は泣きそうな顔になった。「英心さま、あんた、殺されるよ」

「話してみなければわからない」

「もう、何人もが」

「わたしは僧侶です」

「お坊さん、あんた恐いんだね。家の周りのあっちこっちに落とし穴が、尖らせた竹を突き立てた落とし穴が掘ってあるって言ったから」初音はけたたましく笑いだした。いや、泣いているのだ。「あれだったら、嘘だよ」

「嘘?」

「口から出まかせだよ。母さんのことを話してるうちに、なりゆきであんなふうに」

とすれば、なにが本当なのだと訊《き》きたかった。母は死に、父と二人暮らしだと言ったが、その母は生きていた。

すると、なぜ生ける屍のようになったかの物語を語って聞かせたではないか。英心はそれを聞いて涙を流したが、初音が暮らしていたのは父ではなくて夫であった。しかも子供までいるというのである。

「灯りを用意しろ」

二人は飛びあがるほど驚いた。幅の広い山刀を右手にさげて、五郎次が仁王のように突っ立っていた。

「坊は?」

「寝かしつけた」

初音が、おおあわてで提灯《ちょうちん》の用意を始めた。

「お聞きください」

「聞く耳は持たねえ」五郎次は山刀の切っ先を、英心の鼻に突き付けた。「この家を血で汚すことはしたくねえ。ほら、立つんだ」

その目の色を見て、英心は話してもむだなことを悟った。立ちあがると、背に刃が押しつけられた。

初音が先に立った。すべてを諦め、英心は提灯のあとに従った。

空気が澄んでいるからか、月に照らされて物の影がくっきりと落ちていた。家の裏手に出て進むと、道はすぐに林の中に入った。空気がひんやりとして、英心は身震いをし、おなじくらい心も震わせた。

初音も五郎次も無言であり、英心もすでに喋る気力を失っていた。黙《だんま》りの行進が続いた。どこか渓谷《けいこく》に面した絶壁の上ででも殺され、突き落とされるにちがいないと、まるで他人事《ひとごと》のように、そんなことをぼんやりと思っていた。

ところが一向に、五郎次が停まるように命じないのである。

皮肉だと思わずにはいられない。師の賢心が呉服屋の女主人を連れこみ、しばしの情事を楽しみたいがために、かれをどうでもいいような使いに出したのが、そもそもの発端《ほったん》であった。

それが寺男と出会ったばかりに、二人の濡場《ぬれば》を目撃することになったのだ。結果として奥州に届け物をすることになり、挙げ句の果てが濡衣《ぬれぎぬ》で命を落とさなければならないのである。

これだけの人生だったのだろうか。修行に励んで立派な僧になろうという夢を抱いていたのに、こんな辺境の地で、誤解のために命を落とさなければならないというのか。

「なにごとも修行や思うて、励んでおくれやす」と内儀は言ったが、今にして思うと、なんという皮肉だろう。「和尚さんはなぁ、変わった恰好とか、人に見られるかも知れんような場所とか」と言って、彼女はくすくすと笑ったものだった。「かなわしまへん。本堂でもな……。まさか、罰は当たらん思いますけど」

こんなときになって、なぜ変なことばかり思い出すのだろう。いや、それよりもここに連れて行かれるのか？　夜道で、しかとしたことはわからないが、五町（約五百五十メートル）や六町ではきかない距離を歩いたはずである。

初音はおなじ歩調で歩いて行く。木立の中の道を進み、坂を登ったりおりたりを繰り返しているうちに、かれらは低い峠《とうげ》を越えたが、やがて前方に灯りが見えはじめた。

曲がりくねった道を進むにつれて、灯りの数は増えてゆく。その灯りに照らされて、建物の屋根や、火の見か見張り用かはわからないが、櫓《やぐら》なども識別《しきべつ》できるようになった。

ついにかれらは広場らしき所に出た。五基の篝火《かがりび》が焚かれ、かなりの人数の男女が車座を作り、正面には白髯《はくぜん》の老人が座を占めていた。その手には捻れたおおきな杖が握られ、握りの部分は黒光りしていた。

英心はすっかり混乱して、ほとんど考えることができなくなっていた。おかしい。なにかが変だ。いや、なにからなにまで変だ。

だが、どこがどう変なのかがわからない。いったい、どうなっているというのだろうか。まるでわけがわからなかった。

広場の人たちの顔は、篝火の反照を受けて一様に赤く輝いていた。精悍《せいかん》な面がまえの若者、肥え太った女、とりわけ老人たちの顔はことのほかうれしそうで、笑いが今にもこぼれんばかりであった。

若い男や女はすべて十代の後半から上で、子供や嬰児《えいじ》の姿は見えない。いやそれはふしぎではないだろう。夜はすっかり更《ふ》けているのだ、子供や嬰児の姿が見えないのは、当然かもしれなかった。

白髯の老人が立ちあがり、右手に杖を持ったまま両手を拡《ひろ》げ、厳《おごそ》かに声を発した。

「おお、ついにわれらのお救い人が、おいでになられた」

六

拍手が沸《わ》き起こり、全員が英心に熱い視線をそそいだ。

お救い人?

英心はますますわけがわからず、強い戸惑いを覚えずにはいられなかった。自分がお救い人?　たしかにそうなりたいと願い続けてはいたが、ここで見知らぬ人になぜそう呼ばれなければならないのだろうか。

初音と五郎次を見たが、ここに来るまでとは、まるで別人のようにおだやかな笑顔であった。

「どうだ、おらの目に狂いはねえだろが。睨んだとおりだ」

立ちあがって自慢らしく発言した男を見て、英心は口を開けたまま物も言えなかった。

三十代半ばで実直そうなその男は、目立つほどの才槌頭と金壺眼の持ち主である。本街道を行けば追剥に襲われる心配があるから、間道を行くようにと忠告してくれた、親切な田夫《でんぷ》であった。

「坊さまに目をつけるとこなんか、なかなかの知恵者《ちえしゃ》だのう」

その声の主は、さらに英心を驚かせた。初音の母、いや、そんなはずはありえない。それを演じた老婆である。

どうやら、なんらかの目的で、村人が総がかりで自分を騙したらしいことだけは理解できた。それも、悪意があってのことではなさそうだ。

だが、金にも地位にも縁のない、たかが見習い坊主にすぎぬ自分が、どうしてその対象になったのだろうか。しかも、お救い人だとは、解《げ》せない。

「一体、これはどういうことなんですか」

「それはおいおいわかる。ともかく祝いだ、十年ぶりのお祭りだぞ。宴の用意だ」

長老がそう言うと、村人たちが一斉に動きはじめた。

「お救い人さまのお体を、浄《きよ》めねくてはね」

何人かの女たちがやって来ると、英心の手を取って導き、あるいは腰を押して、長老の背後にある一番おおきな建物に連れこんだ。女たちはだれもが、うれしくてたまらないというふうに顔を輝かせ、そしてころころとよく笑った。白髪の老婆もその中にいた。

建物の土間にはおおきな盥《たらい》が据えられ、すでに湯が満たされていた。

女の一人が手を入れて、ちょうどいい湯加減だというと、ほかの女たちが、抵抗する間もなく英心を裸にしてしまった。あっと言う余裕すら与えずに、下帯まで外されたのである。

そうしながらも女たちはにこにこと笑い、お救い人さまのものは立派なのでこれなら安心だ、とか、村長《むらおさ》も孫娘にどんなお救い人が現われるかと気になさっていたが、安心なされたことだろう、などと言うのであった。

英心は盥に入れられ、ある者が背を流し別の女が髭を剃りというぐあいに、すっかり浄められた。

体を拭き終わると、傍《かたわ》らに畳んで置かれていた着物が着せられた。下帯はもちろんのこと、袷から帯まですべてが純白であった。

建物から連れ出されると、煌々《こうこう》と焚かれていた篝火もなければ、村人の姿も見えない。

「わたしは一体、どこに連れて行かれるのですか」

「儀式の場さ」

「ああ、思っただけで、胸がどきどきすっこと」

「わくわくすっこと」

などと言いながらくすくすと、あるいは弾けるように笑う。こうなればじたばた騒いでもしかたがない、唯々《いい》として従うしか方法はないだろう。英心は半ば観念した。

式場は集落を外れた先にあるらしく、篝火が見えはじめると、やがて動きまわる人の姿が多くなった。

「あれが金魚池《きんぎょいけ》」

「金魚池？」

「昔、盲目《めしい》の」

「これ！」

意外なほど厳しい声で老婆が叱ると、相手は首を竦《すく》めて舌を出した。

池を見おろす広場の中央、一段高い場所に茣蓙《ござ》が敷かれ、紫と緋色の絹物らしい分厚い座布団が置かれていた。

長老の座さえ、それより低い位置にある。池のほうに向かって八の字形に席が作られていたが、そちらは莚敷きであった。

英心は導かれ、紫の座布団に坐らされた。中央に一基と左右にそれぞれ二基、篝火が据えられ、若い男が松材を投げ入れると、華々しく火の粉が舞いあがった。

「女子《おなご》は手間暇かかるもんだ」

長老が呟いたが、訛《なま》りがすくないためもあって、ほかの村人に較《くら》べるとずっと聞き取りやすい。

英心は隣の緋色の座布団が気にかかってならなかったが、そこにはおそらく長老の孫娘が坐ることになるのだろう。

「わたしは僧という身です」と英心は長老に言った。「事情を説明していただけませんか？ 大切な儀式ということはわからぬでもありませんが、わたしのことが蔑《ないがし》ろにされて、これではあまりにも理不尽《りふじん》だと思います」

「どうでえ、立派な喋りかたでねえか。さすがはお坊さまだ」

口を利いたのは長老ではなく、才槌頭の男であった。長老が白い髭に囲まれた口を開こうとしたとき、「おッ！」と言う声がした。

全員が背後を振り返ったので、英心もつられて振り向くと、純白の衣装に身を包んだ若い女が、何人もの女たちに付き添われて、やって来るところであった。

やはりそうであった。初音である。二つ並んだ絹の座布団を見たとき、英心はこのことを予想していた。

とすれば、これは婚礼の場ではないのだろうか。花嫁は初音で、その相手は英心にちがいない。だが、なぜにこれほどまでに手のこんだ儀式を、繰りひろげなければならないというのだろう。

あるいはかれが初音の家に一夜の宿を乞《こ》うたときからの、仕組まれた筋書きであったのだろうか。あれからまだそれほどの時間も経ってはいないのに、次から次へと目まぐるしく事件が起きていた。

いや、あれは初音の家などではない。おそらく猟師かお百姓の家なのだろう。初音は村長の孫娘だということだが、とすればあのようなあばら家が住まいとは考えられない。

ちがう。あのときからではないはずだ。才槌頭に金壺眼の男が英心に、街道は追剝が出没するから間道を行くようにと助言したときから、まちがいなく仕組まれていたのだ。

なんと多くの出来事があったことだろう。しかし、あれからまだ半日も過ぎてはいないのである。

初音との婚礼の場にちがいないとの思いは、いつの間にか確信にちかいものになっていた。僧の身にとっては困った問題であったが、ともかく、事情がわかるまでは静観するしかない。

初音が導かれるままに緋色の座布団に坐ると、長老が立ちあがった。その場の全員が立ち、うながされて英心と初音も従った。それを待って長老は二人に背を向け、同時に村人たちも一斉に池のほうに顔を向けた。

英心は肩透かしを喰ったように感じた。なぜかれらは、お救い人と呼んだ自分に背を向けたのだろう。

八の字に並んだ村人の中央を進むと、長老は金魚池の畔《ほとり》に立ち、右手に杖を持ったまま両手を左右におおきく差しあげた。

「あなたさまがお告げなされた五つの困難な試練をすべて乗り越え、逃げることをしねかった、まさに適格なお救い人でごぜえます。このようなお救い人が現われました以上は、どうか長年の恨みを水に流し、約束を果たしていただきますよう、村の者一同に成りかわって、お願い申しあげます」

英心は懸命に心を研ぎ澄まし、この壮大な仕掛けの謎を解く鍵をさがそうとした。

当然だが、これまでの出来事は、なにかに向かって収束するための過程なのだろう。人々のおこなう儀式めいた行動や、長老の言葉に、それらを解く鍵が秘められているはずであった。その鍵さえ見つかれば、すべては一気に解き明かされるという気がしてならなかった。

だが、その鍵はどこにあるのだろうか。

若い男が二人、左右から現われた。かれらはそれぞれ瓶《かめ》を捧げ持っていたが、池の畔に立つと高々と差しあげて傾けた。お神酒《みき》だろう、白い液が糸を引いて流れ落ちた。最後の一滴が瓶を離れると同時に、長老が叫んだ。

「ほうれ、待ちに待った祭りだ！」

「宴だ！　無礼講だ！」

「酒を持ってこ、喰いもんを運べ」

それまでの畏《かしこ》まった態度が信じられぬほど、村人たちの表情が変わった。興奮のためか、だれもが頬を紅潮させ、顔をくしゃくしゃにして、全身でうれしさを表わしていた。

たちまちにして英心と初音の二人は、村人たちに取り巻かれた。だれかが盃を持たせると別の者が酒を注ぎ、反対の手に器をつかませると、芋や蒟蒻《こんにゃく》の煮たもの、あるいは獣肉らしきものが盛られる。

七

いつのまにか、英心の胸の裡《うち》でなにかが像を結ぼうとしていた。

まず、自分の体は女たちによって洗い浄められ、新しい純白の着物を着せられたのだ。それから、「金魚池」とだれかが言ったとき、「昔、盲目の」と別のだれかが洩らしかけると、それは厳しく打ち消された。その金魚池に向かって八の字に並べられた席は、なぜあのように配置されねばならなかったのだろうか。

それから長老の大時代的なもの言いと、謎めいた言葉。たしかに次のようなことを言ったのだ。

あなたが告げた五つの困難な試練をすべて乗り越え、逃げなかった、まさに適格なお救い人だ、と。このようなお救い人が現われた以上は、長年の恨みを水に流し、約束を果たしてもらうよう、村の者一同に成りかわって、お願い申しあげる。

そう言ったのだ。

続いて池にお神酒が注がれたのである。最後の一滴が瓶を離れると同時に、長老は「ほうれ、待ちに待った祭りだ!」と儀式の終わりを宣言した。

そうか、ようやくわかったぞ。謎は解けたと英心は確信した。おそらく、自分の考えにまちがいはないはずである。

心の内で快哉《かいさい》を叫んだ英心は、周りから何人もにつつかれてわれに返った。目の前に酒と、いくつもの料理が差し出され、突き付けられていた。

「お待ちください。わたしは英心と申します。修行中の僧の身ですので、このようなお酒とか、獣の肉などを口にすることは禁じられています」

「酒ではねえ、般若湯《はんにゃとう》だ」

五郎次役の若者がそう言うと、金壺眼もおなじように、

「ほれにな、獣の肉ではねくて紅葉《もみじ》だ」

紅葉というと鹿の肉だろう。それがわかれば、ますます口にはできない。

「ほれ、遠慮しねえで」

「無礼講だよ、お救い人さま」

「お待ちください」英心はそう言って村人たちを見まわした。「どうやらわたしはお救い人で、この宴の主賓《しゅひん》、つまり第一の客らしいですが」

全員がうなずいたので、英心もうなずき返した。

「だとすればなおさら、わたしは得心したいのです。このままでは、主賓は務められません。いえ、落ち着いてください。わたしにも、これまでの経緯《いきさつ》で、ある程度は事情を理解することができました」

「謎が解けたというのか」

長老の言葉に英心はおおきくうなずき、

「では、それをお話しいたしましょう。あるいは見当ちがい、わたしの独り合点や思いこみ、思いちがいかもしれませんが」

今度は全員が長老を見たが、老人がうなずいたので、村人たちは一斉に英心に目を移した。

英心は村人たちにもわかるように、平易な言葉で、しかもゆっくりと語りかけた。

「おそらくは十五年か、あるいはもっとまえに、盲目《めしい》の語り芸人が村にやって来たと思われます。いや、それまでにもずっと来ていたはずです。毎年、祝いごとや祭礼の時期になるとかならず。なぜなら、餅や銭《おあし》を普段よりもおおくもらえるからです」

だから語り芸人たちは、祭りなどを追って各地を巡り歩いているのだ。

ところがあるとき、その盲人が意外なほど小金を貯めこんでいるのを、村人の一人が知ってしまった。その村人は盲人が村を出るという日の早朝、門出の祝いだとでも騙して酒を飲ませ、村外れまで送ると言って、池の畔で金を奪って突き落としたのだ。

「金魚池と呼ばれるようになったのが、その池ではないでしょうか。ちがいますか？」

検校《けんぎょう》とは、本来は盲人に与えられた最高の官名だが、門付けをするような盲目の芸人も、世間ではそう呼んでいたのである。その検校が溺《おぼ》れさせられた池が、検校池となったはずで、金魚池とはおそらくは、検校池の訛りだろう。

席が池に向かって八の字に並べられ、村人たちがそちらを向き、長老が代表してかつて殺された芸人の霊に語りかけた。つまりその儀式の主役は盲目の語り芸人で、お救い人の英心ではなかったのである。それが八の字の、奇妙な席の意味だったにちがいない。

否定する者はいなかった。村人たちは真剣な目をして、喰い入るように見ていた。英心は、大筋が狂っていないのを確信しながら続けた。そのあとは、長老が池に向かって語った内容からの推測であった。

このような隔絶された集落での最大の災難は、子供が生まれず、生まれたとしても育たないことだ。集まったのが若者以上で、幼児や嬰児の姿が見えないのは、寝かされていたからではなくて、そもそも村には一人もいないのではないだろうか。

子供が生まれず、生まれても育たないという状態が何年か続くと、だれもが不自然だと感じるようになるはずだ。そしてあるとき、盲目の語り芸人が来なくなったことに、村人のだれかが思い当たったのだろう。あのような芸人はおなじ地域を定期的に巡っているので、娯楽がすくない山村では楽しみにしている者も多い。

最後に泊めて早朝に見送った村人に疑いがかかり、追及を受けて白状する。さあ大変だというわけで、池の畔で魂鎮《たましず》めの儀式が執りおこなわれたのだろう。

それでも子供は生まれず、生まれてもたちまち死んでしまった。

村の主立った人物、おそらく長老かだれかの夢枕にその盲人の亡霊が立ったか、あるいは巫女《みこ》に男の魂を呼び出してもらったか、そのような可能性が考えられる。おそらくは、条件が叶《かな》えられたら成仏できるというお告げがあったはずだ。

「さすが、お坊さんだけのことはある」

と、だれかが言った。英心はちょっと間をおき、「わからないのは、そのあとです」

と続けた。

「その盲人の恨みが晴れることと、わたしが試されたことの関連《つながり》がわからない」

「おっしゃるとおりです」と長老がしみじみと言った。「その盲人はすっかり信じておったが、裏切られた。その無念たるや凄まじかったべな。んだから、村人が五回まで騙し、そんでも信じて逃げ出さねえ旅人が現われたら、恨みを解いて成仏できる。そうなれば恨みを解いてやろうと、その亡霊は約束しましてな」

五回の手順を伝えたあとで、おまえたちを救うのが若い男であれば、娘と夫婦にするがよい。元気な子供を授けてやろう、と亡霊は約束した。そのあとに生まれる子供もぶじに育つ、とも。

ただし、おまえたちを救える者が、はたして現われるかなと、そう言ったという。本当なら祥月命日《しょうつきめいにち》に試すべきだが、年に一度ではその機会がなかなか得られないだろう。だから、毎月の命日におこなうようにしてもかまわぬと、そう言って亡霊は消えたのであった。

お救い人が現われるまでとの期限付きで、すべての祭りは中止になった。

英心もおぼろげながら理解することができた。そういう事情でもなければ、これほど大掛かりな、村をあげての芝居がおこなわれる道理がない。

というわけで村人たちはさっそく始めたのだが、まさに容易《ようい》ではなかったのである。

「まず、おれだが」と言ったのは、才槌頭に金壺眼の男であった。「街道には追剝が出っから間道を行くように言っても、信じんのはまず半分だべな。そのまえに、あたり一面草だらけのとこで草の束を背負ってること、そのことがおかすいと思われんだな。牛の餌にすっか肥《こえ》にすんのに田に鋤《す》きこむか、どっちにしても、汗だくになって背負い、運ぶことはねえ。家の周りになんぼでも草はあるんだから」

「わたしはそんなことは、考えもしませんでした」

「坊さんだもんな」

「いや、お救い人さまだからだよ」

「骨折り損も多かったど」と、金壺眼は続けた。

「一日の立ちん坊で、一人にも信じてもらえねえことが、何回あったことか」

娘には旅人が通りかかる頃合を見計らって、合図を送るのだという。すると囲炉裏に火を入れるのであった。

ぶじに泊まることになっても、若い女一人だと知って襲いかかる男もいたらしい。そんなけしからぬ気配を微塵でも見せれば、幾重にも妨害の手段が施してあった。床が抜けて穴蔵に落としたり、天井から頭を目がけて物が落ちたり、それでも防げなければ潜んでいる屈強の若者たちが襲いかかるのである。

「すると……」

英心は気づきもしなかったが、あのとき、屋内には別の若者が潜んでいたというのか。

「まあ、ほとんどの男はわたしの姿を見て」と言ったのは、菜刀を研いでいた老婆であった。「泣き叫びながら逃げ出したね」

にたりと笑うと、上の前歯が抜け落ちて、下の左右の糸切歯だけが残っているので、まさに鬼婆であった。もしもあのときその笑顔を見せられたら、英心も恐怖のあまり逃げ出したかもしれない。

「わたしは、この人は菩薩《ぼさつ》さまが姿を変えて、わたしたちを懲《こ》らしめに現われたのかもしんねえと、怖くなったよ」初音が言った。「だって、作り話をなにからなにまで信じるんだもの」

「そりゃ、お救い人さまだかんな」

「おれの出番は、十年百回あまりでたったの七回だった」髭もじゃの五郎次が、豪快に笑いを放った。「しかも、おれが姿を現わすなり、這《は》いつくばって命乞いをすっか、納屋に行ってるあいだに、どいつもこいつも尻に帆をかけて逃げ出したっけ」

「ちょっと待ってくださいませんか」英心は言った。「納屋で赤ん坊が泣きましたよ」

「それがどうしたってえの」

白髪の老婆がそう言った。

「だって子供は生まれないし、生まれても育たないはずじゃありませんか」

「あれはわたしの泣きまねだよ。本物に聞こえてうれすいこと」

ぽちゃぽちゃとした、年齢のわからない女がそう言ってお道化《どけ》てみせた。英心も苦笑せずにはいられなかった。

「たしかにわたしはお人よしかもしれません、五回も騙されたそうですから。でもいくら間抜けだからって、本当に五回も騙されたのでしょうか？」

「みんなで数えてみればよかっぺ」金壺眼がそう言って、指を一本立てた。「まんず、街道を行けば追剝が出っから、間道を行くように騙した」

「わたしは、母が死んだので父と二人きり。父が留守のとき、男が近づけねえように、家の周りは落とし穴だらけだと嘘をつきました」

初音が指を立てると、白髪の老婆も指を立てた。

「菜刀を研ぐわたしにお救い人さまが気づくってと」

凌辱されたために生ける屍のようになった母だと騙したが、これで三回だ。

「ところがもどった俺は、父親なんぞではねくて」

「ええ、夫だとわたしを驚かせました。ですが、これで四回ですよ。わたしは五回も騙されてないじゃないですか」

「わたしのことを忘れられてはこまる」と赤ん坊の泣きまねをした女が、口を尖らせた。「生娘に赤ん坊がいる、これほどおおきな嘘は、騙しはなかっぺよ」

そう言うと大騒ぎとなった。

「五回だ、たしかに五回だ」

「五回だ、まちがいね」

「五回だ五回だ」

村人たちがめいめいに叫びながら、英心のまわりで踊り、跳ねまわった。

八

今夜はお告げがあってちょうど十年目、祥月命日の八月十八日である。村の娘も歳を取ってゆき、ついに長老の孫娘の番となった。初音より若い娘は村にはいない。今度だめなら、永久に願いは叶えられないかもしれないと、村人の多くは絶望感にとらわれはじめていた。

思えば、信じきっている者を裏切って殺した罪はおおきく、罰は重いのだ。それだけに、初音、英心、そして五郎次があばら家を出て村に向かったという報せに、村人たちは狂喜したのであった。

「納屋に行って引き返すあいだ、おれがどれだけ気を揉《も》んだと思う」

五郎次がそう言ったとき、初音は首を振った。

「わたしはあのときは、信じていたよ。英心さんは、お救い人さまは絶対に逃げたりはしねえ。わたしたちを救いにきてくれたんだからって」

「そうでね、赤い糸で結ばれてたんだよ」

女の一人がそう言ったので、どっと沸いた。太った中年の別の女が、

「でも変だとは思わなかったかね」

「これ、なにを言い出すんだ」

男の一人が咎めたが、女はかまわずに続けた。

「んだって、次から次に嘘を重ねてゆくんだもの」

「わたしだって、なにからなにまで信じていたわけではありません」英心が口を開くと、ざわめきが一気に静まった。「いえ、疑ってばかりいました。だってそうでしょう、死んだはずの母親が、刃物を研いでいたんですから。でも、見せたくないからだと言われたら、信ずるしかないじゃありませんか。

五人の賊に母御が凌辱《りようじよく》、……はずかしめられたという話も、疑わしいといえば疑わしい。いくら恐ろしくひどい目に遭ったとしても、話からすれば母親は、そのときはおそらく二十代、であれば今は三十代かせいぜい四十前後でなければならないのに、歯の抜けたお婆さんになるとは思われない。いくら恐ろしかったとしても、せいぜい、髪の毛が真っ白になるくらいでしょう。

それから、父親だと聞いていたのに、いっしょに住んでいたのは夫だった。それがわかっても、腹は立ちませんでした。そのように嘘をつかなければならない人の心は、騙される側より何倍も辛いはずですから」

啜《すす》り泣く声が聞こえた。女の一人が嗚咽《おえつ》し、目もとを押さえていた。

「わたしにはわからなかったのです。わたしは疑いました。わたしは信じました。わからなかったのです、なぜにそうしたのか。わたしにはわからない。ただ、わたしは信じなければならなかったのだと思います。わたしは信じたい。わたしは信じます。わたしは信じなければならないのです、なぜならそれがわたしの務めですから」

英心が見渡したとき、だれもがうな垂れて、顔をあげた者は一人もいなかった。

「わたしは皆さんに感謝しています」その言葉で全員が面をあげた。「僧として、いや人として、わたしは本来、そのような心で生きてゆかなければならなかったのです。修行が足らずにふらふらしていたわたしを、皆さんが両足で立てるようにしてくださった」

「まさに、本物の、われらが心より待ち望んでいたお救い人だ」

長老の言葉にだれもがうなずいた。

「こまった問題が残されました。わたしは僧です。しかも師の使いの途上にあります。平泉に住む人に手紙を届けねばなりません。ところがわたしが長老の孫娘、つまり初音さんと夫婦になって子を生《な》したときにはじめて、亡霊の呪いが解かれるらしい」

「どうかそうしてけろ」

「お願いだ。われらを救ってけろ」

全員の必死の思いが籠められた視線に射竦《いすく》められ、英心はたじたじとなった。自分がこの人たちの期待に応えなければならないのは、充分すぎるくらいわかっていた。

人の言うことを聞いてあげねばならない、困った人を救わなければならないと佐兵衛も言ったではないか。そして、これほど困りきった人たちがほかにいるだろうか。

佐兵衛の言ったように困った人たちを救おうと考えても、その対象は漠然としていた。いわば一人一人の顔が見えなかったのだが、今は目のまえに、自分を必要としている、しかも明確に顔のわかる、困りきった人たちがいるのである。

もちろん、この人たちの願いを裏切ることなどできるわけがない。

英心はわれに返った。すがりつくような無数の目が、必死の思いで言葉を待っている。自分はそれに応えなければならない。村人たちが待ちに待った祭りを、夢や幻の譚《はなし》に終わらせてはならないのである。

「はい」

　きっぱりと英心が言うと、ふーっと村人たちが一斉に息を吐いた。

「生意気なようですが、皆さんのおかげで悟ることができました。そして、僧であろうとなかろうと関係はない、人としての道を教えられた思いがいたします。わたしは還俗《げんぞく》しますので、どうか皆さまの一員に加えてください」

　歓声が沸きあがった。

「そりゃありがてえ。……ところで、ゲンゾクってなんだね」

　五郎次がそう言うと、長老が笑いながら、

「坊さんをやめて、わしらの同類になるということだ」

「そりゃいい、そりゃいいや」

「夜が明けたら、わたしは旅立ちます」

「待ってけろ」

「かならずもどりますよ」

「いや、疑ってるわけではねえけど、聞けば手紙を渡すだけでねえの。んだったら、別の者が届ければいい。なんなら、おれが引き受けっぺ」

　才槌頭がそう言うと女たちがうなずいた。

「そうだよ、婚礼の準備もあっことだし」

「子供も作らねっかなんねえし」

「わたしはかならずもどります。お気持はありがたいのですが」と英心は言った。

「どうしても、わたしが届けなければならないのです」

かれは師と内儀のことが露骨にならないよう、気をつけながら話した。

「そうすっと都から平泉まで、たった一人で長い旅を？」

「なんとまあ」

「京の都のお坊さんかね、道理で喋りかたがやわらかくて、やさしいと思ったよ」

「都のお人だもの、わしらのような田舎者《いなかもん》とは」

「でも、お坊さん」金壺眼が言った。「だったら、なおさら行くことはねえんでねえの」

「手紙なら、おれが燃やしちまった」と五郎次が言った。「んだって、お救い人さまだよ。この村から出られてはことだ。ええい、邪魔だと」

「なんてことを」

英心の形相の凄まじさに気圧《けお》されたのか、五郎次は小声で弁解した。

「冗談だよ。そんなことするわけねえべ。ただよ、おれの気持を汲《く》んでもらいたくてな」

「どうか、英心さんを行かせてあげてください」

初音がそう言ったので、その場は一気に静まった。全員の目が初音に集まる。

「これまでのことでわかっぺした。英心さんは何回騙されても、信じっぺとして、んだから、十何年かぶりにわたしたちは救われるんだよ。ここでもどらねかったら、わたしたちがまた苦しまねっかなんねことが、よくわかってるんだよ。決して裏切ったりしねえ。わたしは信じる。それがわたしの役目だもの」

沈黙が訪れた。だれもが、おたがいの顔を見ないようにしていた。昂然と面をあげた初音と、すがすがしい顔で胸を張った英心を見て、長老が声を発した。

「これで決まりだ。どうした、宴だというのに、飲まず喰わずでねえか。さて、祝宴だが、そのまえに」肩透かしを喰って、何人もが踏鞴《たたら》を踏んだ。長老はおもむろに、

「大事なことを忘れておったわい、二人の仮祝言がまだでねえか」

夜のしらじら明けに、墨染めの衣に着替えた英心を見送ったのは、初音一人であった。

「ここがもどり橋」夫となったばかりの英心に、初音は言った。「お陽さまの昇るま

えにこの橋を渡った人は、かならずもどって来るんだと」

「わたしは英心という名の僧として出かけ、英吉になってもどってくるよ」

「初音は、今も初音、お帰りのときも初音のままで待ってっからね」

英心がもどり橋を渡り、しばらく歩いてから初音を振り返ったとき、山の端《は》を離れた朝の最初の清潔な陽光が、二人に爽《さわ》やかな光を投げかけた。

解説――短編作家・野口卓の腕前

文芸評論家　縄《なわ》田《た》一《かず》男《お》

本書は祥伝社文庫から刊行された『軍鶏侍《しゃもざむらい》』及び第二弾『獺祭《だっさい》 軍鶏侍』において、その類稀《たぐいまれ》なストーリーテラーぶりと詞藻《しそう》豊かな文体で、時代小説ファンを驚嘆させた野口卓《のぐちたく》が右のシリーズ以前に書きためておいた短編をまとめた一巻である。

そしてその前に、著者には時代小説以外の著作『シェイクスピアの魔力』『落語こわい、こわい落語』『落語一日一話～傑作噺で暮らす一年三六六日』（以上、明治書院学びやぶっく）があることを記《しる》しておきたい。そして野口卓は、シェイクスピアや落語を論じつつ、それらをさかのぼった物語原型――説話や伝説にまで興味を抱いているのではあるまいか。

そして、悲劇が喜劇に、あるいは、笑いが恐怖へ転じることを充分、承知している書き手なのである。

作者は、かつて、私への私信で、小説を書き始めた動機の一つに、藤沢周平《ふじさわしゅうへい》への傾倒を記していたが、その一方で、「自分はどのような作品が読みたいかということを考え、不遜《ふそん》にも自ら筆を執《と》るようになり、職人、商人、下級武士、盗賊らを主人公にした短編を書き始めました。もちろん、いろいろと複雑な思いは抱いておりますが、ひと言で申しますと、読み終えた読者に――」云々《うんぬん》とあるのだが、この続きはラストで記したいので、解説から読んでいる方は、このあたりで、ぜひとも本文の方に移っていただきたいと思う。

さて、巻頭の「猫の椀」は、前述のごとく作者のいう職人譚なのだが、いわゆる奇妙な味の短編に仕上っている点に特長がある。

せっかく自分の腕＝漆《うるし》職人の技を認めてもらった大店の主良兼《よしかね》のもとへ、ようやく自慢の品を納めに行くも、当の相手が心の臓の発作《ほっさ》で急死してしまっていた。兼七《かねしち》の落胆、いかばかりであったろうか、というのが発端《ほったん》である。

彼は帰りすがり、「静《しずか》の家」という、一寸、不思議な店に立ち寄り、そこの女将《おかみ》と、彼女の姪《めい》の玉《たま》に出会い、自分のいまの境地を話さずにはいられない。そして作品をつくる工程も――。そしてあろうことか、お玉と関係を持ってしまう。そして、お玉の肌を慈《いつく》しみながら「これは器だ！」「兼七が精魂を傾けてつくりあげた、こちらの肌に寄り添い、手にした者の心を虜《とりこ》にしてしまう器そのものではないか」と驚嘆する。そしてこの時の情交が、漆を分からない人間には、いくら金を積まれても決して器を売るものか、という思いを生み、さらにその芸術至上主義は、彼の中でもっと大切なもの、すなわち、「おれがつくらなければならないのは、人に見せて自慢したり、高い値で取り引きされる器ではない。毎日、使ってもらえる品を精魂こめてつくることこそ、職人としての自分の役目なのだ」という、職人の使命を知ることへ転じていく。

山本周五郎《やまもとしゅうごろう》の「草鞋《わらじ》」を思わせる好篇だが、そこに一つだけ、奇譚的要素が加えられているため、作者独自の作品になっているのがミソである。

次の「糸遊《かげろう》」も職人譚だが、組紐《くみひも》職人の伊奈七《いなしち》が、組師にとっては命ともいえる右の人差し指を怪我《けが》し、女房のおのぶが、料理屋のお運びさんをするようになるのが発端《たん》である。おのぶはそこで、店ではちょっとした顔のおもんから、いい儲《もう》け話があるからと持ちかけられる。ところがこれが詐欺《さぎ》だということはお察しの通り――。

そしておもんは、おのぶのことばによれば「あの人、ばらばらの細い糸になって、消えてしまったんだわ」ということになる。さて、この作品のテーマを一言でいうならばそれは、人間というものの命や絆《きずな》のはかなさであろう。そのはかなさは、伊奈七がはじめにいう「蜉蝣《かげろう》は薄い薄い翅《はね》をしているし、体はとてもやわらかい。（略）触れれば傷つけちまう。そうでなくたって、蜉蝣の命と言って、はかないものなんだ」に端的に示されている。

そのはかなさは、一両で嫁ぎ先を追い出された伊奈七の妹・おはやの「静かに消えてゆきたかった」の一言と、それに続く死、仲間はいても友だちはいないおもんの孤独とつながっていく。だからこそ、ラスト、伊奈七・おのぶという一組の夫婦は、そのはかなさをこえて生きていくことを誓《ちか》い合えるのである。

さてさて、読者の皆様、お楽しみ、次なる「閻魔堂《えんまどう》の見える所で」こそ、本邦初お目見えの野口卓創作落語の一幕だ。試しに高座にのぼったつもりでやってごらんになるといい……。

えー、まるで山全体が息づいているような新緑の季節でございます。道がちょうど二つに分かれる谷沿いの平地に古びた閻魔堂がございまして、二人の男が何やら、半刻――えー、ちょうど一時間でございますね――話しこんでいるのが見えます。一体、何だろうねぇと……。

と落語に直していくと、――いや、直していかなくとも爆笑また爆笑は必至の一編。

正に最後はお後がよろしいようで、とてもいいたくなる野口卓の懐《ふところ》の深さを感じさせる一編といえよう。

それでもって次なる「えくぼ」は、そのえくぼが思い出させてくれる人生の恩返しの話でございます。え、何？　落語はやめろって？　だって仕方がないじゃありませんか、何しろ「人生の寺子屋」なるところで、福の神と疫病神《やくびょうがみ》がこんぐらがっちまう話なんですから――。」というのでございます。

ええええ、もう真面目《まじめ》に書きますよ、要は邦衛《くにえ》がつかんだ人生観、これがすべてであろう――「だれもが、成功したり名を挙げたりできるものではない。ほとんどの人間は、浮き沈みの波に翻弄《ほんろう》されながら、無我夢中で生きてゆくものだろう。それにどんな意味があるのかという問いは、自分などが発するにはあまりにも僭越《せんえつ》でありすぎる。ひたすらに生きるということもそれなりに、いや、充分に大切で価値があることなのだ。なぜなら、ほとんどの人はそのようにして自分の一生を終えてゆく。それに意味がなかろうはずがないじゃないか」と。

笑いの次にすばらしい人生訓がある。小説巧者の心意気やよし――。

そして最後の「幻祭夢譚《まぼろしのまつりゆめものがたり》」は、だいぶ手の込んだストーリーで、この一編は、魔物などとの言の葉の物語という一面を持っている。たとえば、滝沢馬琴《たきざわばきん》の『南総里見八犬伝《なんそうさとみはっけんでん》』で里見家に怪異が祟《たた》るのは、玉梓《たまずさ》との約束、言の葉を破った咎《とが》によるものであろう。そしてまた、このような祟りをとく者が、幾《いく》つかの試練を乗り越えねばならぬのも、こうした物語の常である。加えて、どこに災厄が転がっているか分からないように、どこにその災厄が転じた福が転がっているのかも分からない。日々刻々と人生は変化しているのだ。

この最後の作品など、一寸、泉鏡花《いずみきょうか》風の味もあるが、とまれ、本書収録の五編を読了された後、冒頭で紹介した野口卓の非小説作品をお読みになるといい。意外な発見があるかもしれませんぞ。

さて、お約束通り、冒頭近くで伏せておいた野口卓の私信の続きをここに記せば、『人間って、案外捨てたものではないかもしれないな』と感じてもらえるような作品を目指したいと思っています」であった。

この一巻に収録された五作、さまざまに傾向は違うが、このテーマはきちんと貫徹《かんてつ》されている。短編作家・野口卓の腕前もまた、嬉しくなるほど極上なのだ。

一〇〇字書評

猫の椀

切り取り線

購買動機（新聞、雑誌名を記入するか、あるいは○をつけてください）	
□（　　　　　　　　　　　　）	の広告を見て
□（　　　　　　　　　　　　）	の書評を見て
□ 知人のすすめで	□ タイトルに惹かれて
□ カバーが良かったから	□ 内容が面白そうだから
□ 好きな作家だから	□ 好きな分野の本だから

・最近、最も感銘を受けた作品名をお書き下さい

・あなたのお好きな作家名をお書き下さい

・その他、ご要望がありましたらお書き下さい

住所	〒				
氏名		職業		年齢	
Eメール	※携帯には配信できません	新刊情報等のメール配信を 希望する・しない			

この本の感想を、編集部までお寄せいただけたらありがたく存じます。今後の企画の参考にさせていただきます。Eメールでも結構です。

いただいた「一〇〇字書評」は、新聞・雑誌等に紹介させていただくことがあります。その場合はお礼として特製図書カードを差し上げます。

前ページの原稿用紙に書評をお書きの上、切り取り、左記までお送り下さい。宛先の住所は不要です。

なお、ご記入いただいたお名前、ご住所等は、書評紹介の事前了解、謝礼のお届けのためだけに利用し、そのほかの目的のために利用することはありません。

〒一〇一‐八七〇一
祥伝社文庫編集長　坂口芳和
電話　〇三（三二六五）二〇八〇

祥伝社ホームページの「ブックレビュー」からも、書き込めます。
http://www.shodensha.co.jp/bookreview/

祥伝社文庫

猫《ねこ》の椀《わん》

平成24年 3 月 20 日　初版第 1 刷発行

著　者　野口《のぐち》　卓《たく》
発行者　竹内和芳
発行所　祥伝社《しょうでんしゃ》
東京都千代田区神田神保町 3-3
〒101-8701
電話　03（3265）2081（販売部）
電話　03（3265）2080（編集部）
電話　03（3265）3622（業務部）
http://www.shodensha.co.jp/

印刷所　堀内印刷
製本所　関川製本
カバーフォーマットデザイン　中原達治

Printed in Japan ©2012, Taku Noguchi ISBN978-4-396-33746-9 C0193

祥伝社文庫の好評既刊

野口卓　軍鶏侍《しゃも》

闘鶏の美しさに魅入られた隠居剣士が、藩の政争に巻き込まれる。流麗な筆致で武士の哀切を描く。

野口卓　獺祭　軍鶏侍②

細谷正充氏、驚嘆！　侍として峻烈に生き、剣の師として弟子たちの成長に悩み、温かく見守る姿を描いた傑作。

岡本さとる　取次屋栄三《えいざ》

武家と町人のいざこざを知恵と腕力で丸く収める秋月栄三郎。縄田一男氏激賞の「笑える、泣ける」傑作時代小説。

岡本さとる　がんこ煙管《ぎせる》　取次屋栄三②

栄三郎、頑固親爺と対決！　「楽しい。面白い。気持ちいい。ありがとうと言いたくなる作品」と細谷正充氏絶賛！

岡本さとる　若の恋　取次屋栄三③

名取裕子さんもたちまち栄三の虜に！「胸がすーっとして、あたしゃ益々惚れちまったぉ！」大好評の第三弾！

門田泰明　討ちて候（上）　ぜえろく武士道覚書

幕府激震の大江戸――孤高の剣が、舞う、踊る、唸る！　武士道『真理』を描く決定版ここに。

祥伝社文庫の好評既刊

門田泰明　**討ち候（下）** ぜえろく武士道覚書

悽愴《せいそう》苛烈の政宗剣法。待ち構える謎の凄腕集団。慟哭《どうこく》の物語圧巻!!

坂岡　真　**のうらく侍**

やる気のない与力が〝正義〟に目覚めた！　無気力無能の「のうらく者」が剣客として再び立ち上がる。

坂岡　真　**百石手鼻《ひゃっこくてばな》** のうらく侍御用箱②

愚直に生きる百石侍。のうらく者・桃之進が魅せられたその男とは!?　正義の剣で悪を討つ。

坂岡　真　**恨み骨髄** のうらく侍御用箱③

幕府の御用金をめぐる壮大な陰謀が判明。人呼んで〝のうらく侍〟桃之進が金の亡者たちに立ち向かう！

坂岡　真　**火中の栗** のうらく侍御用箱④

乱れた世にこそ、桃之進！　世情の不安を煽り、暴利を貪り、庶民を苦しめる悪を〝のうらく侍〟が一刀両断！

辻堂　魁　**風の市兵衛**

さすらいの渡り用人、唐木市兵衛。心中事件に隠されていた奸計とは？　〝風の剣〟を振るう市兵衛に瞠目！

祥伝社文庫の好評既刊

火坂雅志
源氏無情の剣
絢爛《けんらん》たる貴族の世から血腥《なまぐさ》い武家の時代へ。盛者必衰の現世に、清和源氏一族の宿命を描く異色時代小説！

火坂雅志
武者の習
尾張柳生家の嫡男として生まれた新左衛門。武士の精神を極める男の生き様を描く。

宮本昌孝
陣借り平助
将軍義輝をして「百万石に値する」と言わしめた平助の戦《いくさ》ぶりを清冽に描く、一大戦国ロマン。

宮本昌孝
風魔（上）
箱根山塊に「風神の子」ありと恐れられた英傑がいた――。稀代の忍びの生涯を描く歴史巨編！

宮本昌孝
風魔（中）
秀吉麾下の忍び曾呂利新左衛門が助力を請うたのは、古河公方氏姫と静かに暮らす小太郎だった。

宮本昌孝
風魔（下）
天下を取った家康から下された風魔狩りの命――。乱世を締め括る影の英雄たちが、箱根山塊で激突する！

祥伝社文庫　今月の新刊

柴田哲孝　早春の化石　私立探偵　神山健介
事件を呼ぶ男、登場。極上の、ハードボイルド・ミステリー。

岡崎大五　汚名　裏原《ウラハラ》宿署特命捜査室
孤立させられた女刑事コンビが不気味な誘拐事件に挑む！

宇佐美まこと　入《い》らずの森
ホラーの俊英が、ミステリ満載で贈るダーク・ファンタジー。

藍川　京　蜜ざんまい
女詐欺師VS.熟年便利屋、本気で惚れたほうが負け！

草凪　優　目隠しの夜
平凡な大学生が覗き見た人妻の、罪深き秘密……

野口　卓　猫の椀
江戸を生きる人々を背景に綴る、美しくも儚い、命と絆の物語。

睦月影郎　熟《う》れはだ開帳
下級武士の五男坊、生の女体を拝むべく、剣術修行で江戸へ!?

本間之英　まいご櫛《ぐし》
身を削り、命を掛ける人助け。型破りな男の熱き探索行！

南　英男　毒蜜　異常殺人　新装版
ピカレスクの決定版！　恋人を拉致された始末屋の運命は……。